«Intriga, negocios, política de empresa y sexo apasionado se suceden a lo largo de este magnífico libro que te hace inmediatamente comenzar el segundo», *New York Journal of Books.*

«Los frecuentes encuentros eróticos de alto voltaje y las fantasías harán que no puedas dejar de leer este libro. Davis crea con maestría una historia inspiradora en la que el sexo se presenta como liberador y como una metáfora del poder, y donde la química se impone sobre la tediosa complacencia», *Publishers Weekly.*

SUMA
de letras

# El Desconocido

## Solo una noche I

Kyra Davis

Título original: *The Stranger. Just One Night I*

Previo acuerdo con Pocket Books, sello editorial de Simon & Schuster, Inc.

2023 N.W. 84th Ave.
Doral, FL, 33122
Teléfono: (305) 591-9522
Fax: (305) 591-7473
www.prisaediciones.com

Diseño de cubierta: Lisa Litwack

*Primera edición: abril de 2014*

ISBN: 978-1-62263-903-8

Printed in USA by HCI Printing
16 15 14 1 2 3 4 5 6 7 8 9

*Dedicado a todos mis lectores, que han permanecido fieles a lo largo de los años.*
*Seguís motivándome e inspirándome.*

# Índice

# SOLO UNA NOCHE

## PRIMERA PARTE

## El desconocido

## Capítulo 1

El vestido ceñido que llevo, un modelo rojo del diseñador Hervé Léger, no es mío. Es de mi amiga Simone. Ayer me hubiera dado la risa imaginarme con algo tan provocativo. Mañana descartaré la idea de volver a ponérmelo sin pensármelo dos veces. Pero hoy... Hoy es una noche de excepciones.

De pie en el centro de la habitación que Simone y yo hemos reservado en el hotel Venetian, tiro del bajo del vestido. ¿Seré capaz de sentarme con este atuendo?

—Estás buenísima —me susurra mientras se sitúa a mis espaldas para colocarme el pelo, ondulado y negro, tras los hombros. Sus movimientos me resultan demasiado íntimos y me siento un poco expuesta.

Me alejo de ella y me retuerzo como un ocho intentando ver en el espejo cómo me queda el vestido por detrás.

—¿De verdad que voy a salir así?

—¿Estás de broma? —Simone parece confundida y rechaza mi pregunta con la cabeza—. Si ese vestido me quedara la mitad de bien que a ti, ¡me lo pondría todos los días!

Vuelvo a tirar del vestido hacia abajo. Estoy acostumbrada a llevar trajes. No el tipo de trajes que llevan las mujeres en las películas, sino el que llevamos las que trabajamos en una consultoría internacional en la vida real. El tipo de traje con el que te olvidas prácticamente de que eres una mujer y, por descontado, de que eres un ser sexual. Este vestido entona una melodía que yo jamás había cantado.

—Con este atuendo lo único que podré comer será un bastoncito de zanahoria —me quejo mientras me contemplo el escote.

No llevo sujetador. Lo único que conseguí meter bajo el vestido fue un tanga diminuto. Este modelo está diseñado para marcarlo todo..., lo cual me produce sentimientos encontrados. Y me sorprende mucho tener sentimientos encontrados. Me da un poco de vergüenza, lo cual no es de extrañar, y me siento un tanto depravada por ponerme algo semejante, pero aun así... Simone tiene razón: estoy «buenísima».

Nunca me había atribuido un adjetivo similar. Nadie lo hace. Todo el mundo describe a Kasie Fitzgerald como alguien responsable, digna de confianza y formal.

Kasie, la formal.

Precisamente por esa razón Simone me ha arrastrado este fin de semana hasta Las Vegas. Quería que por una vez perdiese el control antes de entregarme en cuerpo y alma a una vida llena de estabilidad junto al hombre con el que me voy a casar: Dave Beasley. Dave va a pedirme matrimonio..., o quizá ya lo haya hecho.

—Creo que el próximo fin de semana deberíamos ir a comprar una alianza. —Hizo este comentario después de una cena tranquila en un restaurante de Beverly Hills. Llevamos seis años saliendo y se ha pasado cinco de ellos sopesando la idea del matrimonio, examinando la posibilidad desde todos los ángulos y haciendo pasar nuestro hipotético matrimonio por hipotéticas y estresantes pruebas, como si fuera un banco preparándose para la siguiente crisis financiera.

Dave es así de precavido. No resulta excitante, pero es agradable. Un día, después de unas cuantas copas de más, le dije a Simone que besar a Dave era como comer una patata asada. Me puso a parir. Pero lo que quería expresar es que una patata asada, aunque no sea la comida más apasionante del mundo, es cálida y tierna, y me bastaba para saciar el hambre. Eso era Dave. Era mi consuelo, mi patata asada.

«Deberías acostarte con un desconocido».

Eso fue lo que me aconsejó Simone. Una última aventura antes de casarme y mientras siga teniendo veintitantos. Obviamente, yo me negaba a hacer algo semejante, así que conseguí que se conformase con que flirtease con un desconocido. Y aún estoy intentando reunir fuerzas para hacerlo.

«¿De verdad quieres echar la vista atrás cuando seas vieja y darte cuenta de que nunca fuiste joven?».

Eso también me lo había dicho Simone. Pero ella no lo entendía. Yo no sabía ser joven. Ni de niña supe comportarme como tal.

«¡Es mucho más seria que su hermana!», solían decir los amigos de mis padres cuando me sentaba junto a ellos con la cabeza inmersa en un libro. «¡No parece una niña!».

Por alguna razón creían que la feminidad y la erudición eran cualidades incompatibles.

Pero aquí estoy yo: una alumna de la Universidad de Harvard que tiene un trabajo en una de las consultorías internacionales más importantes del país… y que está «buenísima».

—Blackjack —afirma Simone segura de sí misma—. Si te sientas en una mesa de blackjack con ese vestido, incluso los más veteranos olvidarán cómo se cuenta hasta veintiuno.

Respondo con un bufido. De inmediato me tapo la boca con la mano mientras Simone suelta una carcajada. Un bufido no resulta sexi ni llevando este vestido.

* * *

Cuando entramos al casino, todas las miradas se dirigen a mí. No estoy acostumbrada. Los hombres observan mis movimientos augurando sus posibilidades de éxito; sus miradas me evalúan y no pierden detalle de los secretos que mi vestido revela… Y revela muchos. Las mujeres también me contemplan. Algunas, con desaprobación; otras, con envidia. Me ruborizo al darme cuenta de que algunas de sus miradas muestran el mismo interés que el de los hombres.

Una parte de mí quiere atravesar la sala a toda prisa, pero el vestido hace que mi entrada sea lenta y cauta. Las anécdotas de modelos de Hervé Léger cayéndose en las pasarelas ahora cobran sentido. Con los zapatos que Simone insiste que hay que llevar con este atuendo y lo ajustado que es el vestido, cada paso es un reto.

Un hombre con el que me cruzo me recorre el cuerpo entero con la mirada, sin plantearse siquiera disimular su deseo. Me ruborizo aún más y me doy media vuelta. ¡Menuda manera de mirarme! ¿Me habrá tomado por una prostituta? Tendría que irme muy bien para poder comprarme este vestido. Mientras me alejo de él, echo la vista atrás y veo que se ha detenido para observarme. Tiene toda la pinta de ser un arrogante estirado. No quiero nada con él... aunque me gusta que él quiera algo conmigo. Y ese pequeño placer hace que me sienta un poco avergonzada... y provocativa.

Nos sentamos a una mesa de blackjack en la que la apuesta mínima son cien dólares. No es una cantidad que atraiga precisamente a los más veteranos, pero es mucho más de lo que yo normalmente estaría dispuesta a arriesgar.

Al sentarme se me sube el vestido, lo que me recuerda que llevo un tanga ínfimo; es la única prenda de ropa interior que me he puesto.

«¿Qué hago yo aquí?».

Trago saliva y me concentro en la mesa. No es que sea ninguna experta, pero al parecer Simone juega mucho peor que yo. Apuesta muy fuerte y, aunque se pasa más de una vez, se empeña en llegar a veintiuno. Al final se da por vencida y se va a probar suerte con los dados. Yo no me muevo. Con las cartas me apaño, pero jamás he dominado el arte de tirar dados.

—Parece una buena mesa.

Me giro mientras un hombre con vaqueros oscuros y una camiseta marrón se sienta a mi lado. Me llama la atención lo mucho que contrastan sus brazos fornidos con su pelo canoso..., pero me gusta. Me mira justo en el momento en que lo estoy examinando y giro de inmediato la cabeza. Se me ha notado mucho y mi torpeza hace que me muera de vergüenza.

Una mujer sonriente con una carpeta se acerca al hombre que está sentado a mi lado.

—Me alegro de verlo, señor Dade.

—Igualmente, Gladys. Voy a empezar con cinco mil.

La mujer asiente con la cabeza y, tras entregarle un trozo de papel para que lo firme, coloca un montón de fichas moradas y negras delante de él. Normalmente las fichas no se dan así.

Apuesto doscientos dólares y el crupier reparte unas pocas cartas. Empiezo con un cinco y un as. No es un mal comienzo. El señor Dade no tiene tanta suerte: un diez y un seis.

Doy un golpecito con el dedo junto a mis naipes y me dan otro. El señor Dade hace lo mismo.

Mi carta es un cuatro. Me sonrío a mí misma. Estoy en racha.

O eso pensaba hasta que el señor Dade recibe un cinco.

Veintiuno.

Nadie pronuncia palabra, pero las fichas se alejan en su dirección.

Mientras el crupier coloca un par de fichas en mi montón —un reconocimiento menor a mi victoria sobre la banca—, el señor Dade se inclina ligeramente hacia mí.

—¿Quiere que le demos un poco de emoción?

—A mí ya me parecía emocionante.

Observo mis fichas, no porque necesite contarlas, sino porque estoy demasiado aturdida como para mirarle a los ojos.

—Más emocionante —aclara—. Si le gano esta mano, nos levantamos de la mesa y se toma una copa conmigo.

—¿Y si le gano yo? —pregunto, cambiando las palabras a mi gusto.

—Entonces me tomo yo una copa con usted.

Me río. Entre el ambiente del casino y mi nuevo —aunque temporal— aspecto, me siento un poco turbada. No sé cómo me afectaría una copa.

—Si gano yo, nos tomamos la copa aquí, en la mesa, y seguimos jugando —replico.

Desde el punto de vista económico, mi plan es probablemente más arriesgado que el suyo, pero sin duda resulta más seguro visto desde cualquier otro ángulo.

—Es usted toda una negociadora —comenta el señor Dade.

Aunque sigo sin mirarlo, siento su sonrisa. Rezuma una energía muy atractiva y algo traviesa.

Me gusta.

El crupier reparte unas pocas cartas. Recibo un tres y un seis, mientras que el señor Dade tiene un rey y un cuatro. Aún puede ganar cualquiera. Todo depende de lo que venga ahora..., bonita metáfora para la vida.

Pero me guardo ese pensamiento para mí, mientras doy golpecitos con mis uñas de color rojo sangre sobre el tapete verde. El señor Dade también le indica al crupier que quiere más cartas.

En esta ocasión es él el que llega a veinte. Yo no llego ni a dieciocho.

Se levanta y me tiende la mano:

—¿Me acompaña?

Recojo mis fichas dubitativa mientras planeo cómo levantarme de la silla sin mostrar más de lo que me gustaría.

De nuevo siento la sonrisa de este hombre. Me viene a la cabeza una antigua canción pop que hablaba de demonios interiores y la utilizo en mi mente como banda sonora mientras me pongo de pie con sumo cuidado. No me apura mientras me acompaña primero a la caja para cambiar mis fichas por dinero y después a las escaleras mecánicas. La gente sigue mirando, pero ahora no me miran solo a mí, nos miran a nosotros.

Entonces me recuerdo a mí misma que no hay un nosotros. Es una fantasía. Un encuentro fugaz e irrelevante. Beberemos algo, tontearemos y después cada uno se desvanecerá de la vida del otro como el humo de un incendio controlado.

—Aquí —dice guiándome hacia un bar con las paredes de cristal.

La gente está invitada a esta fantasía, a este nosotros.

Se acerca a la barra y espera a que logre subirme al taburete. Saco mi móvil para decirle a Simone dónde estoy, pero antes de que pueda escribir una palabra, nos atiende el camarero.

—Creo que a la señorita le apetecerá una copa del mejor champán que tengáis, Aaron —dice el señor Dade.

—No —reacciono de inmediato, incapaz de controlar un impulso peligroso—. Whisky.

No sé qué me empuja a complicar las cosas. Quizá sea que el champán no encaja con este momento. Lo que estoy viviendo requiere algo más crudo, más fuerte. Exige una bebida de grano, no burbujas.

El señor Dade vuelve a sonreír y pide un whisky para cada uno. Una marca que nunca he oído.

—Entonces... —dice cuando el camarero se aleja—. ¿Le gusta el juego?

—No. —Agacho la cabeza para enviarle el mensaje a Simone—. Es la segunda vez que vengo al casino.

—Pues esta noche está jugando.

Levanto la cabeza y elevo las cejas a modo de pregunta.

—No suele vestir así —prosigue mientras el camarero posa nuestras copas en la barra.

El señor Dade le entrega dinero y él no le pregunta si quiere que se lo apunte. Parece presentir que no es un buen momento para interrupciones.

—¿Y cómo sabe cuál es mi forma de vestirme?

—No está acostumbrada a llevar esos tacones. No sabe andar con ellos.

Me río nerviosa.

—Solo las acróbatas del Circo del Sol pueden andar sobre algo así.

—Y si siempre vistiera así, estaría acostumbrada a que la mirasen. Y no lo está. —Se inclina hacia mí y me llega un leve aroma de una colonia con fragancia a madera—. Está cohibida. Las miradas la incomodan tanto como disfrutar de ellas.

Desvío la vista, pero me sujeta de la barbilla para que lo mire a los ojos.

—Incluso esto hace que se sonroje.

No conozco a este hombre. A este hombre que me toca. Es un desconocido. Una incógnita. Debería marcharme. No debería permitir que su áspero pulgar me acariciase, moviéndose así hacia delante y hacia atrás por mi mejilla.

«Deberías acostarte con un desconocido».

Despacio, poso mi mano sobre la suya y la aparto de mi cara. Pero no se la suelto. Me gusta su tacto. Tiene una mano robusta y áspera. Estas manos han construido cosas y han estado expuestas a los elementos. Me las imagino sujetando las riendas de un caballo; arreglando el motor de un flamante deportivo que puede conducir a toda velocidad para alejarse de los obstáculos en los que tropezamos los demás. Me imagino estas manos tocando mi cuerpo, sus dedos dentro de mí...

«Pero ¿qué hago yo aquí?».

—Me llamo Kasie —digo con voz ronca y nerviosa.

—¿Quieres saber cómo me llamo yo? —pregunta—. ¿Mi nombre completo?

De inmediato me doy cuenta de que no quiero. No quiero saber quién es. Ni siquiera quiero saber quién fui ayer, ni quién seré mañana. Solo quiero saber quién soy ahora.

—Yo no hago estas cosas —susurro.

Pero mientras pronuncio estas palabras, sé que me refiero a ayer, a mañana. Esta noche… es diferente.

Este hombre no es como el que me devoró con la mirada, un pervertido presuntuoso. Este hombre no me está imponiendo sus intenciones; está descubriendo las mías: observa cada uno de mis movimientos, mis sonrisas, los breves recorridos que trazan mis ojos. En su rostro veo reflejado mi deseo. Él ya no es una incógnita. Es mi fantasía y la química…, la intensidad entre nosotros…, es lo que siempre habría anhelado si hubiera sabido que algo así podría existir.

Pero ahora sé que existe.

Me fijo en el botón de sus pantalones. Son Dior Homme. Lleva unos vaqueros que cuestan por lo menos seiscientos dólares y, sin embargo, la camiseta parece de cualquier supermercado barato. También sus brazos, musculosos y juveniles, contrastan con sus canas y su corte de pelo clásico. Lo que me seduce de él son las contradicciones.

—Me gustaría servirte una copa —comenta.

Entiendo lo que quiere decir de inmediato. Sé que me está invitando a su habitación. Miro a mi alrededor. Jamás he tenido una aventura de una noche. Soy una mujer seria. La chica en la que todo el mundo confía por su coherencia y su rectitud.

Excepto hoy. Esta noche soy la chica que va a acostarse con un desconocido.

# Capítulo
# 2

Como si estuviésemos aún en la universidad, nos paramos en el vestíbulo para comprar alcohol en una tienda. Casi me da la risa cuando el dependiente nos entrega la botella en una bolsa de papel marrón, como si fuéramos a tomárnosla bajo las gradas del estadio del campus en lugar de en un lujoso hotel; como si el plan consistiese en emborracharse con vino barato, en lugar de saborear un whisky escocés que cuesta doscientos dólares.

Yo nunca he buscado un escondite en el campus para beber, pero tampoco juzgo a quienes lo hacen. Aunque yo no lo hacía, esa tradición siempre me ha parecido que tiene un matiz de torpe inocencia. Nada de lo que me dispongo a hacer con el señor Dade es inocente.

No intercambiamos palabra mientras me guía hacia su habitación. Es una suite. No podía ser de otro modo. El salón es tan espacioso que podríamos montar una pista de baile. En la intacta cocina cabría todo el servicio de un *catering*. No necesitamos tanto sitio, pero el exceso me resulta tentador.

Oigo el ruido que hace al cerrar y lanzo una mirada a las puertas francesas situadas a mi derecha. No me hace falta preguntar nada para saber a qué habitación conducen. Siento cómo se me acerca por la espalda. Siento su calor y mi cuerpo se tensa a la espera de su tacto.

Pero no llega.

En lugar de tocarme, acerca su boca a mi oreja.

—Ponte cómoda. —Su voz es un gruñido; sus palabras, seducción—. Quítate algo.

Me vuelvo para mirarlo. No logro articular palabra. Recuerdos de Dave tratan de abrirse paso en mi conciencia. Lo estoy traicionando. ¿Podré vivir con algo así? ¿Podré aislar esta única noche del resto de mi vida?

—Los zapatos —sugiere con una sonrisa pícara—. Quítate los zapatos.

Aliviada, suelto el aire que había retenido inconscientemente. Pero no estoy a salvo. Ni de él, ni de mí. Me siento en una silla sin quitarle los ojos de encima. Se arrodilla ante mí y me acaricia el tobillo con suavidad, mientras me desabrocha las pequeñas y delicadas hebillas de los zapatos. Mantengo las piernas bien cerradas. No estoy preparada para enseñarle mi mundo. Aún no.

Pero cuando me quita los zapatos, sus manos comienzan a subir despacio por mis pantorrillas. Llegan hasta las rodillas. Hasta la parte externa de mis muslos. De nuevo el aire se me queda estancado en el pecho, pues por momentos me olvido de respirar. Mi falda es tan corta que, aunque sus manos no cesan de avanzar, aún no han alcanzado el dobladillo... Pero lo alcanzan, y lo suben aún más... Y entonces se detiene.

Me quedo expectante. Espero que siga subiendo las manos, pero las aleja de mi cuerpo.

—Voy a servirte el whisky que te prometí —dice.

Y vuelve a esbozar esa sonrisa pícara. De nuevo ese cuidado equilibrio entre la premura y la calma.

Se pone de pie mientras cierro los ojos intentando recuperar el equilibrio. Oigo cómo abre y cierra la nevera, y el tintineo de los hielos al caer en un vaso vacío. No me muevo. No puedo moverme. Hace un momento estaba preocupada por algo; tenía que darle vueltas a algo... ¿Qué era? No me centro.

Al abrir los ojos, lo tengo justo delante. Me ofrece el único vaso que trae en la mano.

—¿No me va a acompañar? —le pregunto.

Ha sido un susurro. Temo estropear el momento... Temo salir de esta realidad crepuscular. Después de todo, esto no es más que un sueño y, si no lo comparto con nadie, lo parecerá aún más a medida que pasen los días. Pero en este momento no estoy preparada para despertar.

La sonrisa del señor Dade se amplía mientras me pone el vaso en la mano.

—Claro que te voy a acompañar...

Le doy un sorbo al whisky y luego otro. Es delicioso. Igual que esta habitación, con sus cálidas tonalidades doradas y sus lujosos detalles.

Me retira el vaso.

—Me toca.

Saca un hielo y traza con él una línea que bordea el escote de mi vestido. Cuando siento el cubito, húmedo y helado, recorriéndome los pechos, noto cómo mis pezones se endurecen, le señalan y le imploran que continúe. Responde posando sus manos en mis caderas y catando el rastro de whisky que se adivina en mi piel con breves besos apasionados. He vuelto a recuperar el aliento, pero mi respiración sigue un poco acelerada, pues me cuesta mantenerme quieta.

Vuelve a coger el vaso de whisky y me lo acerca a los labios, pero lo retira enseguida de modo que el sabor ahumado tan solo roza mi lengua. Después vuelve a meter los dedos en el vaso y esta vez el hielo recorre mis piernas y se me derrite en los muslos. Mi cuerpo y mi mente han dejado de estar conectados. Siento cómo se me separan las piernas; al principio solo un poco, pero a medida que me levanta el vestido, lo invito a seguir subiendo, ofreciéndole cada vez un poco más de mí.

Vuelve a recorrer con la boca el refrescante rastro que el whisky ha dejado sobre mi piel y lo observo mientras avanza por mis piernas. Con un movimiento brusco y resolutivo, me levanta el vestido hasta la cintura y lo sujeta ahí con firmeza mientras su boca sigue subiendo. El delicado tanga es el único obstáculo que entorpece su camino. Retira una mano de mi cintura para acariciar la suave tela.

Aunque tengo los ojos entrecerrados, veo cómo sonríe. Sé lo que está pensando. La tela está mojada. Es otra invitación a que continúe que no puedo controlar.

Pero no le basta.

—Pídelo —dice con el dedo enganchado a la goma de mi tanga.

Siento que mis mejillas vuelven a entrar en calor. Una petición de viva voz implica que ya no podré decir que se me fue la cabeza o que no estaba pensando. Estoy dispuesta a enseñarle mi cuerpo, pero ahora me está pidiendo que me involucre por completo y la idea me aterra.

—Pídelo —repite.

—Por favor —murmullo.

—No es suficiente. —Su voz sigue siendo dulce, pero empiezo a intuir cierta autoridad en su tono—. Pídelo.

—Quítemelas.

Se incorpora y se inclina sobre mí, con el dedo aún metido tras la fina goma del tanga.

—¿Qué es lo que quieres que te quite?

La sonrisa que esboza no mitiga en absoluto su intensidad.

—Por favor... —Hablo tan bajo que hasta a mí me cuesta oírme—. Por favor, quíteme las braguitas.

—Más alto, por favor.

Dubitativa, alzo la mirada hasta encontrarme con la suya. La chispa de picardía que veo bailando en sus pupilas me hace sonreír. Un impulso de valor inesperado me atraviesa el alma, me acerco a él y le agarro de la camiseta, arrugando en mi puño el algodón barato.

—Por favor —insisto tirando de él y poniendo a prueba su equilibrio—. Por favor, quíteme las braguitas, señor Dade.

Y entonces su sonrisa es un reflejo de la mía. Me arranca el tanga y, antes de que me dé cuenta de lo que realmente está pasando, siento el suave aguijón del whisky en el clítoris, seguido de inmediato por el impactante calor de un beso; un beso que recibo en lo más profundo de mí. Su boca juguetona me hace cosquillas. Gimo mientras me aferro a la silla. Siento cómo me acaricia con el dedo sin cesar de lamerme, de catarme;

primero con dulzura, después la presión se hace más fuerte y el ritmo, más acelerado. Su lengua danza sobre cada una de mis terminaciones nerviosas con una exigencia cada vez más implacable. Gimo y dejo caer la cabeza hacia atrás en el momento en que el raudo orgasmo me invade con fuerza.

No me da tiempo a recuperarme. Me pone de pie de un salto. No tiene que buscar la cremallera oculta del vestido, su intuición le dice dónde está. En un abrir y cerrar de ojos estoy desnuda. Ah, las miradas de los hombres del casino no eran nada; no llegan ni a imitaciones descoloridas de la mirada que me dedica en este momento el señor Dade. Sus ojos no solo me recorren entera; me consumen. Permanezco de pie, a la espera, estremeciéndome, mientras él traza un círculo a mi alrededor como un lobo planeando un ataque, como un tigre acechando a una presa…

Como un amante dispuesto a venerarte.

No trato de agarrarle; sus ojos me sujetan con más fuerza de la que tendría una cuerda. Cuando termina de girar a mi alrededor, se quita la camisa. Su torso es acorde con sus brazos: fornidos músculos bajo una piel suave y vulnerable.

Me arrastra hacia él y noto lo que le he provocado. Su erección choca con mi vientre.

Jadeo al sentir cómo me penetran sus dedos. Primero uno, después dos. Juega conmigo, me acaricia, me investiga mientras yo me estremezco contra su cuerpo. Trato de desabrocharle los pantalones, pero me tiemblan las manos. Voy a correrme otra vez, aquí mismo, de pie, apoyada en él.

Entonces me apoya contra la pared sin dejar de acariciarme. Poso los brazos en sus hombros y le clavo las uñas mientras lanzo un grito. Exploto y me contraigo alrededor de sus dedos. Al tomar aire me percato de que también mi piel se ha impregnado de la colonia con olor a madera. Nada nos separa.

Me siento audaz y vulnerable, otra deliciosa contradicción. Finalmente, consigo desabrocharle los vaqueros. Mientras le quito la única prenda que le queda puesta, me toca a mí contemplarlo.

Es bello, perfecto e… impresionante.

No creo que lleguemos hasta el dormitorio.

Exploro con las yemas de los dedos cada rugosidad de su polla hasta llegar a la punta.

«Polla»: yo nunca uso esa palabra, pero tengo la cabeza a cien por hora y de pronto los eufemismos han dejado de interesarme. No quiero mirar la realidad a través de una lente desenfocada. Mi fantasía no es así.

—Fólleme —susurro.

—Sí —musita.

Me levanta del suelo. Me aferro con las piernas a su cintura, sigo con la espalda apoyada contra la dura pared y vuelvo a gritar mientras él me la mete, una y otra vez, una y otra vez.

Siento cómo mi cuerpo se abre para él, siento cómo me empapo. Es una reacción primitiva que da la bienvenida a esta intrusión. Lo siento todo.

Me llena con una energía imponente, vibrante, implacable. Este hombre ha echado abajo las puertas tras las que yo había encerrado todos mis deseos secretos, y esos deseos me recorren el cuerpo entero con la fuerza salvaje propia de quienes se fugan de una prisión. Sigue sujetándome en el aire, agacho la cabeza y le muerdo con suavidad el hombro, le lamo el cuello. Quiero devorarlo mientras él me consume.

Ahora estamos en el suelo. Mis caderas no se alejan ni un instante de las suyas. Sigo abrazándolo con las piernas y empujándolo hacia mí.

Mientras me tumba de espaldas, cada centímetro de su miembro encuentra un hueco entre mis paredes. Bajo mi cuerpo, la fina alfombra añade un toque de dulzura que contrasta con mis arañazos en su piel. Tiene las manos en mis pechos y me pellizca los pezones antes de situarlas en la parte baja de mi espalda. Nos movemos a nuestro ritmo, un ritmo más conmovedor y más radiante que ninguna sinfonía de Beethoven. Cada embestida me eleva a otro nivel de éxtasis.

«No me imaginaba que pudiera llegar a ser así».

Es un cliché. Una frase que están obligadas a pronunciar todas las inocentes protagonistas de todas las comedias románticas mediocres. Esas palabras siempre se pronuncian con suma delicadeza, como si nuestra heroína hubiera alcanzado otro nivel de inocencia.

Esto no es inocente. Esto es la hostia. Siento como si estuviera cobrando vida.

«No me imaginaba que pudiera llegar a ser así».

Es el último pensamiento inteligible que tengo antes de que me vuelva a arrastrar hasta el límite. Noto en las manos cómo se le tensan los hombros, entonces me coloca los brazos por encima de la cabeza, tratando de impedir que me mueva en un momento en el que ya no puedo contener el éxtasis. La situación me hace estallar: sacudo la cabeza hacia los lados y adelanto las caderas para forzarlo a penetrar aún más dentro de mí. Gime y me embiste más rápido, con más fuerza. Nuestro *crescendo* nos acerca a un clímax turbador.

Pego un último grito mientras nos corremos a la vez, ahí mismo, en el suelo de una suite del Venetian.

«No me imaginaba que pudiera llegar a ser así».

# Capítulo 3

No creo en la vida después de la muerte. Siempre he pensado que cuando alguien se muere, se muere. Quizá ocurra lo mismo con los momentos. Me acuerdo de mi encuentro con el señor Dade —tan solo han pasado dos noches—, pero no hay nada tangible que me conecte con ese recuerdo; ese momento simplemente... ha dejado de respirar.

Cuando terminamos, me abrazó y me acarició el pelo. Esa ternura estaba fuera de lugar. Y como no estaba preparada para algo así, me vestí sin más y me marché. No trató de impedirlo, pero se quedó mirándome mientras me alejaba. Y había algo en su expresión que hizo que mi pulso se acelerara. No me miraba como lo hubiera hecho un desconocido. Me miraba como si me conociese…, quizá más de lo que tenía derecho a conocerme.

Simone estaba en nuestro cuarto cuando llegué. Insistió en que le contara todo con pelos y señales, pero no entré en detalles. Conseguí hacerle un placaje contándole que había tonteado en un bar de paredes de cristal con un hombre misterioso, que no paraba de ofrecerme copas que tenían un precio un tanto excesivo y que sabían a seducción.

La decepcioné. «Eres una causa perdida», protestó mientras yo me quitaba el Hervé Léger y me ponía el casto albornoz blanco del hotel. Metió el vestido en un portatrajes. La negra bolsa de plástico tragándose el vestido me recordó a un ataúd. No solo había perdido el momento, también estaba enterrando una versión de mí…, enterrándola en un portatrajes que ni siquiera era mío.

Sin embargo, sentada en mi despacho de Los Ángeles, entre las paredes amarillo claro y los archivadores meticulosamente organizados, me doy cuenta de que así es como debe ser. Fue un sueño, eso es todo. Y los sueños no suelen tener consecuencias. Puedes aprender de las lecciones que enseñan o simplemente descartarlas. Tan solo fueron unas pocas horas en las que mi subconsciente tomó las riendas y permitió que una pequeña y oculta parte de mí escribiera una historia en intensos colores. Una historia marcada por la pasión y la excitación, dos sensaciones que en la vida real no duran mucho.

Solo un sueño.

Cojo el archivo de un cliente. Mi trabajo consiste en decirle a la gente cómo hacer el suyo. Invierte tiempo y dinero en esto, no en lo otro, etcétera. Yo trataba a las corporaciones como si fueran personas mucho antes de que el Tribunal Supremo de Estados Unidos se pronunciara sobre este tema. Son entidades multifacéticas, exactamente igual que nosotros. E igual que las personas, las corporaciones que tienen éxito son las que saben qué partes de sí mismas merece la pena desarrollar y cuáles deben eliminarse, ocultarse del interés público. Son las que saben cuándo cortar por lo sano.

Se dice que lo que define a las corporaciones es que el dinero es su idioma, pero yo creo que no. Yo creo que lo que en realidad define a las corporaciones es que el dinero es su alma.

Por tanto, soy una consejera espiritual.

Esa reflexión me hace sonreír, mientras reviso el archivo de un cliente y me regodeo pensando en el día del cobro.

—Kasie Fitzgerald, ¡hemos triunfado!

Levanto la cabeza y veo a mi jefe, Tom Love, de pie junto a la puerta. Mi ayudante, Barbara, está a su lado y me sonríe como pidiéndome disculpas. Tom siempre irrumpe en los despachos sin permitir que nadie anuncie su llegada. Su apellido parece una broma poco acertada, ya que jamás lo he visto mostrar ni inspirar nada que se parezca al amor.

—¡Tenemos una cuenta nueva!

Exclama entrando en mi despacho y cerrando la puerta a sus espaldas. No parece darse cuenta de que básicamente ha dado a Barbara con la puerta en las narices.

Cierro el expediente que tengo entre las manos. Tom nunca viene corriendo a mi despacho cuando recibe una cuenta nueva. Sigo peleando por subir posiciones en esta empresa y el hecho de que aprovechara los contactos de la familia de Dave para meter la cabeza ha hecho que la cuesta sea aún más empinada para mí. Un título de una de las mejores universidades de Estados

Unidos debería haber bastado, pero hoy en día nada es suficiente. Tienes que sacar las mejores notas de la facultad y hacer prácticas bajo la supervisión de los peces gordos de la industria. Debes tener todos los ases de la baraja.

Tengo un puesto de trabajo por el que matarían hasta los doctores cum laude de la Universidad de Oxford. Lo conseguí porque soy inteligente, capaz, y tengo un título de Harvard... Y porque el padrino de mi novio es uno de los fundadores de la empresa.

Tengo que demostrar que lo merezco.

—¿Entiendo que formaré parte del equipo que se encarga de esa cuenta? —le pregunto mientras se sienta en la silla situada enfrente de la mía y contempla distraído mi agenda, que está sobre la mesa.

Con el tiempo he aprendido a tomar nota de mis citas personales en el móvil y a dejarlo lejos del alcance de Tom.

—No —responde mientras manosea las semanas y meses de mi vida profesional—. Serás la líder del equipo.

El ambiente de la habitación cambia por completo. Sus ojos siguen pegados a la agenda, pero es evidente que no está leyendo. Está esperando a ver cómo reacciono. He querido dirigir un equipo desde que empecé en este trabajo, pero también he aceptado desde entonces que tendré que esperar un par de años más antes de que se me conceda ese honor. Y, sin embargo, Tom ha venido a mi despacho a hacerme este regalo..., ¿por qué?

—¿Es una cuenta pequeña? —pregunto buscándole sentido a este sinsentido.

—No. Es para Maned Wolf Security Systems.

Ahora el ambiente no solo ha variado, se ha alterado de tal manera que se forma un torbellino de confusión. Maned Wolf Security Systems. Esa empresa informática ofrece seguridad a las grandes corporaciones mediante la fabricación de sistemas de vigilancia y protección con la tecnología más puntera y hasta cuenta con un departamento de protección de datos que opera con las empresas más importantes del mundo y en algunas de las zonas más conflictivas del planeta. Tiene contratos con el gobierno y los políticos se disputan su apoyo.

No tengo derecho a dirigir este equipo. Ni siquiera debería haber un equipo. Maned Wolf es igual de autosuficiente que de potente. Una empresa de mil millones de dólares que solo opera con las corporaciones más importantes y aún no se ha abierto al ciudadano de a pie. No creo que necesite nuestro asesoramiento.

Y en caso de que lo necesite, dudo mucho de que yo sea la persona adecuada para dirigir al equipo de asesores.

Pero me encantaría hacerlo.

—¿Por qué yo?

Tom levanta la mirada de mi agenda.

—Él pidió que fueras tú.

Y de pronto el ambiente se carga. Siento su peso sobre los hombros, la presión contra el pecho. Tom me mira con una expresión de curiosidad y ligera sospecha.

—¿Quién es «él»? —pregunto.

—El director general.

Debería saber su nombre, pero no lo sé. Sé con quién tienen contratos, el *marketing* que hacen, la influencia que poseen..., pero nunca me he interesado mucho por las personas que forman la empresa.

Sin embargo, mientras espero a que Tom continúe hablando, presiento que el objeto de mi interés va a verse alterado de forma irrevocable.

—Se llama Robert... Robert Dade. Dice que te conoció en Las Vegas.

La gente asegura que no hay momento más maravilloso que cuando tus sueños se hacen realidad. Pero algunos sueños jamás deben dejar de ser sueños. A veces, cuando el mundo de nuestros sueños se cuela en nuestra vida lúcida, tiene lugar una reacción química.

Y cuando eso ocurre, todo salta por los aires.

* * *

Tan solo tengo unos días para preparar la reunión. Formo un equipo, pero, por petición expresa del señor Dade, la primera reunión será en privado.

Los dos solos.

Cuando Tom me informó de ese dato, volví a percibir la sospecha en sus ojos. Es fácil criticar las formas de Tom, incluso su estilo como gestor, pero no se le puede criticar por su inteligencia. Me inventé una historia sobre cómo había conocido al señor Dade. Le comenté que habíamos coincidido en el control de seguridad del aeropuerto y que había aprovechado la larga y torturante cola para contarle a lo que me dedicaba y presumir de mis éxitos profesionales. Le dije que le había entregado mi tarjeta al señor Dade, pero que nos habíamos separado sin que me desvelara el nombre de su empresa.

A medida que invento explicaciones y excusas, me doy cuenta de la poca credibilidad que tienen, pero estoy desesperada por que Tom crea lo inverosímil. Quiero que dé por válida la ridícula explicación de que aproveché la oportunidad de mi vida con un importantísimo director general sin darme cuenta y de manera inconsciente. Quiero que deje de esbozar esa sonrisa indiscreta que me dedica últimamente. Quiero que deje de mirarme como si de repente se hubiera percatado de que quizá oculto algo bajo mis americanas de corte cuadrado y mis pantalones anchos. Quiero que deje de tratarme como si tuviera la misma ambición sin escrúpulos que tiene él.

Desde ese momento Tom se para a hablar conmigo todos los días.

Pero hoy no estoy en la oficina. Es viernes por la mañana. Le dedico a mi aspecto más tiempo del habitual. Me recojo el pelo en un moño tirante. La americana azul marino me cae en línea recta hasta las caderas sin mostrar ni un ápice de feminidad. La conjunto con una falda recta del mismo color. En los pliegues de la tela no se intuye invitación alguna. Nada tiene la intención de seducir.

Mientras contemplo mi reflejo en el cuarto de baño azul pálido, medito el problema que supone el maquillaje. Sin maquillaje parezco más dulce, más joven, más vulnerable.

Siempre voy maquillada.

Me paso una esponjita por la piel para extender el maquillaje sobre mis pequeñas imperfecciones: un granito junto al nacimiento del pelo, las pocas pecas que me salieron en la infancia por ir en bici en verano... Tapo todos y cada uno de los diminutos detalles que me hacen humana. Me oscurezco las mejillas con polvo bronceador y perfilo con un lápiz gris la suave piel que hay bajo mis pestañas inferiores.

Esta es la versión de mí que tengo derecho a enseñarle al mundo. Esta no es la mujer que el señor Dade conoció en Las Vegas.

Enterré a esa mujer en un portatrajes.

* * *

Como llego a las oficinas de Maned Wolf Security Systems con cinco minutos de adelanto, tengo tiempo para detenerme a admirar el edificio en el que se encuentran. Su fachada de espejos tintados debería otorgarle un aspecto frío, pero aquí, en Santa Mónica, el sol se refleja en cada uno de esos espejos y en las palmeras que rodean el edificio, lo que añade calidez a su aspecto imponente.

Cuando lo toqué, él también era cálido. Sus besos en mi cuello fueron dulces hasta cuando me empujó contra la pared. Y sus dedos… me acariciaron, se introdujeron dentro de mí, tocándome tal y como un pianista experimentado interpretaría las dolorosas notas de la sonata *Claro de luna* de Beethoven… Con calidez, con energía…

Mi bolso comienza a vibrar. El móvil me devuelve a la realidad.

—¿Sí?

—¿Señorita Fitzgerald? Soy Sonya, la ayudante de dirección del señor Dade. Ha habido un ligero cambio de planes. El señor Dade quisiera encontrarse con usted en Le Fête, un local situado a una manzana de nuestro edificio en dirección sur.

—¿A qué se debe el cambio de ubicación?

—Obviamente, los gastos de aparcamiento y la cuenta correrán a cargo del señor Dade.

Esa no era la pregunta, pero tengo la sensación de que la posibilidad de que esta mujer me ofrezca una respuesta satisfactoria es nula.

Vuelvo a dirigir la mirada al edificio y después al maletín que llevo en la mano.

—Allí estaré... Mi empresa cubrirá los gastos.

—¿Le puedo preguntar dónde está ahora?

—Aquí —respondo—, en su edificio. A una manzana de Le Fête.

Cuelgo y echo a andar. Dejo atrás el edificio de las ventanas tintadas y el reflejo de las palmeras y avanzo en dirección al señor Dade.

* * *

Está igual. Me detengo un momento en la entrada para contemplarlo disimuladamente. Está sentado solo en una mesita y lee algo en un iPad. Lleva una camisa de algodón gris claro y unos pantalones negros. Ni corbata ni americana, nada que exija deferencia por parte del mundo que controla.

Aunque, claro, el señor Dade no necesita mostrar autoridad por medio de la ropa. Eso ya lo pone de manifiesto su forma de estar. La intensidad de sus ojos castaños, la evidente fuerza de su cuerpo, la íntima sonrisa que me está dedicando.

Sí, me ha visto de lleno, y bajo la intensidad de su mirada me cuesta aún más recordar las cosas pequeñas: «Mantén la cabeza alta, camina con determinación, respira, no olvides quién eres».

Avanzo entre el laberinto de mesas hasta llegar a su lado.

—Señor Dade —digo en un tono frío y profesional mientras le tiendo la mano.

—Kasie. —Se levanta y presiona la palma de su mano contra la mía; la agarra con firmeza sujetándola mucho más tiempo de lo habitual—. Me alegro de volver a verte.

Otra vez desliza su pulgar hacia delante y hacia atrás por mi piel. Es un gesto insignificante, un detalle que debería ser capaz de ignorar sin dificultad; pero no puedo ignorarlo y se me pone la piel de gallina. Él se da cuenta y su sonrisa se hace más amplia.

—La última vez que te vi se te cayó esto. —Me enseña mi tarjeta de visita—. La encontré en el suelo de mi suite.

Me zafo de su mano y me siento.

—Yo siempre convoco las reuniones en despachos, señor Dade.

—Ya, pero es que mi despacho hoy no disponía de lo necesario para esta reunión.

—¿Lo necesario?

Asiente con la cabeza y una camarera aparece de la nada con dos vasos colocados en perfecto equilibrio sobre una bandeja.

—Té helado. —Coloca el vaso más alto delante del señor Dade—. Y whisky escocés con hielo.

Siento cómo me sube la temperatura cuando coloca el vaso más bajo delante de mí.

—Pensé en pedirme uno —me explica—, pero después recordé lo mucho que te gusta compartir.

Contemplo los cubitos de hielo balanceándose en el líquido cobrizo.

Sé lo que se puede hacer con esos hielos.

—He venido por trabajo, señor Dade.

Sonríe y se inclina hacia delante, apoyando los codos en la mesa, que es algo inestable.

—Ahora sabes mi nombre. Puedes tutearme.

—Creo que es mejor que mantengamos una distancia profesional.

Me tiembla un poco la voz. Muy a mi pesar, cojo el vaso.

—Muy bien. Sigue llamándome señor Dade y yo seguiré llamándote Kasie.

Le pego un buen trago al whisky; el sabor es demasiado conocido y los recuerdos demasiado vívidos.

—He venido a comentar con usted las ideas que tengo para Maned Wolf Security Systems.

—Es más práctico que a partir de ahora nos refiramos a la empresa como Maned Wolf.

Asiento con la cabeza. Es la primera frase que dice con la que no insinúa nada y le agradezco enormemente el detalle.

—Si se plantea seriamente abrir Maned Wolf al ciudadano de a pie, y los documentos que me enviaron sus empleados así lo sugieren, debe mejorar su servicio de seguridad personal en Internet. Es bien sabido que ustedes se ocupan de almacenar los archivos del gobierno. El cliente medio querrá sentir que recibe el mismo nivel de protección.

—¿Para qué intentar llegar a tanta gente cuando puedo llegar a unos pocos que me pagarán mucho más?

—Porque son quienes apuestan por el volumen y no por la exclusividad los que obtienen el mayor crecimiento y las ganancias más abrumadoras. Un Starbucks concurrido es más rentable que un restaurante tan prestigioso como Le Cirque.

—Ya veo. —Lo observo mientras su boca forma las palabras con una lentitud excesiva.

Me gusta su boca. Habrá gente a la que le parezca demasiado grande para su cara, pero a mí me parece muy sensual.

—Entonces no eres fan de la exclusividad —prosigue—. Te gusta compaginarla.

La insinuación es evidente.

—Señor Dade, ¿está familiarizado con las leyes de California sobre el acoso sexual?

—Kasie, ¿me estás diciendo que estarías dispuesta a sacar nuestra aventurilla a la luz para denunciarme?

No respondo. Mi mano se aferra al asa del maletín.

—Bébete el whisky... Se te está derritiendo el hielo.

—¿Me ha citado aquí para escuchar mis propuestas?

Quiero que la pregunta suene como un reto, no como una súplica.

No lo logro del todo.

—Sí —afirma con rotundidad—. He hecho una breve investigación. Eres una joven promesa para tu empresa. Te he contratado por tu experiencia, eso es todo.

Bebo un poco más de whisky con la esperanza de que me otorgue la osadía artificial propia del alcohol.

—No me necesita.

—No. Tienes razón. Pero quiero contar contigo.

Otro trago de whisky. Me quema la garganta y agudiza mi perspicacia.

—Estas son mis propuestas. —Coloco el maletín con cuidado en el borde de la mesa y consigo sacar una carpeta llena de documentos sin que se me caiga nada al suelo—. ¿Quiere que las revisemos ahora o prefiere dejarlo para la próxima reunión?

Lo contemplo mientras cambia de postura: su cuerpo deja de insinuar provocación para mostrar interés. Señala mi carpeta.

—Por favor…

Hasta esa palabra es un recordatorio.

A pesar de todo, consigo mantener la concentración. Le hablo de un crecimiento y una prosperidad tan abrumadores que ninguna empresa, ni siquiera Maned Wolf, ha alcanzado aún. Pero podría alcanzarlos. Mi equipo podría ayudarlos a llegar hasta allí. Yo podría hacerlo. Cuando me dan la oportunidad, soy capaz de descubrir los pequeños defectos ocultos que impiden que un gigante logre la conquista definitiva. A veces es posible encontrar y eliminar esas imperfecciones, hacerlas desaparecer. Otras veces basta con taparlas con un poco de maquillaje.

El señor Dade me escucha. Es un oyente activo. No hace falta que diga nada, está claro que lo entiende; noto cuándo está de acuerdo, cuándo le impresiona algo y cuándo no. Presto atención a sus reacciones y modifico ligeramente el tono según sus cambios de expresión. Sé cuándo conviene alargarme en un tema y cuándo es preferible no entrar en detalles. Estamos sincronizados.

Es trabajo. No debería ser sexi.

Y aun así…

Finalmente junta las yemas de sus largos dedos y señala hacia arriba. Es el empresario, el pianista, el demonio.

—Obviamente, estás hablando en general —comenta—. Para abordar casos concretos y poner en práctica tus ideas tendrás que observar nuestra empresa de cerca. Hablar con los directores de los distintos departamentos, meterte entre las paredes de mi mundo.

—Haré mucho más que eso. —Hay que ser optimista, me digo—. Echaré esas paredes abajo. Es la única forma de explotar al máximo su potencial.

Se ríe. Me siento relajada. Me estoy divirtiendo.

Más de lo que debería.

Posa una tarjeta de crédito sobre la mesa. Es la única pista que necesita nuestra atenta camarera. Para mí también es suficiente. Me pongo de pie, pero me detiene con un leve gesto de la mano.

Y de nuevo me siento paralizada por su mirada.

La camarera pasa la tarjeta y se la devuelve. El señor Dade le entrega una propina desorbitada antes de acompañarme afuera.

—¿Dónde has aparcado?

Levanto la barbilla en dirección a mi coche.

Echa a andar a mi lado. No me pregunta si puede hacerlo.

—Odio tu traje.

—Menos mal que no se lo tiene que poner usted —respondo.

Ya veo el coche, está esperándome, listo para llevarme a una zona segura.

—Ni tú.

Me paro delante del coche. Tengo las llaves en el bolso. Debo sacarlas ya. ¿Por qué no me puedo mover?

Siento sus manos aunque no me están tocando la piel. Están sobre la solapa de mi chaqueta. Me está desabrochando la chaqueta, me la está deslizando por los hombros, me la está quitando, aquí mismo, en medio de una acera abarrotada. No puedo permitir que la gente lo vea haciéndome algo así. No puedo permitirle hacerme algo así y punto.

A veces me sorprende lo intrascendente que puede ser la expresión «No puedo».

—Es mi traje —susurro.

—Es un hábito.

Levanto la cabeza para mirarle a los ojos y pedirle en silencio una explicación.

—Como el hábito de una monja —aclara—. Es ropa diseñada para ocultar las curvas y cualquier detalle que pueda resultar seductor; es una elección respetable en el caso de mujeres que han optado por una vida casta, pero... —Se detiene y posa la mano sobre mi nuca. Me estremezco mientras desliza los dedos hacia arriba, después hacia abajo y de nuevo hacia arriba, hacia la base de mi cráneo, por debajo de mi pelo—... Los dos sabemos que tú no eres ninguna monja.

—Estoy saliendo con alguien. Nos vamos a casar.

—¿En serio? —Se le crispan las comisuras de los labios—. Bueno, hay hábitos de todo tipo, ¿no? Algunas mujeres ocultan su verdadera forma de ser bajo múltiples capas. A veces esas capas son de tela; otras, vienen en forma de relaciones desacertadas.

—No sabes nada de mi relación. No me conoces.

—Puede que no. Pero sí sé cómo eres cuando te quitas todas esas capas.

Aunque mi falda recta me llega a las rodillas y mi camisa no marca nada, me siento desnuda en medio de la calle, examinada con calma por un hombre cuya visión de mí se basa en una noche íntima que le entregó mi imprudencia.

La gente nos observa. No me hace falta mirar a los muchos peatones que pasan por la calle para darme cuenta. Siento su mirada tal como la sentí en Las Vegas.

Pero hay una diferencia importante: en Las Vegas la temeridad tiene premio. Exhibirme en ese vestido ajustado ante una sala llena de miradas encaja con las expectativas de la ciudad. Es lo que anuncian los folletos. La economía de Las Vegas depende precisamente de la fantasía. Es así.

Pero aquí, en Santa Mónica, delante de un edificio de oficinas situado a kilómetros de los artistas callejeros que se agolpan en el centro de la ciudad, la actitud del señor Dade está fuera de lugar.

La gente nos mira. Ven las chispas, sienten la tensión. Quieren saber lo que va a pasar.

Yo quiero saber lo que va a pasar.

Pero no puedo consentirlo. Tomo una bocanada de aire, echo los hombros hacia atrás e intento hacer caso omiso de las miradas de la gente... y de la de él.

—Me ha puesto en una posición muy difícil, señor Dade. —¿Es esa mi voz, una voz llena de serenidad y de una seguridad convincente pero fingida? ¿Soy yo quien le mira fijamente a los ojos, como si le estuviera retando?—. Mi jefe cree que me he acostado con usted para conseguir esta cuenta. Ha puesto en peligro mi reputación profesional.

Inclina la cabeza a un lado mientras sus ojos continúan deslizándose por mi cuerpo, tal y como hicieron un momento antes por mi nuca.

—No ofrezco trabajo a todas las mujeres con las me acuesto. Solo a aquellas que han estudiado Empresariales en Harvard.

—Ah… —replico—, pues en ese caso supongo que me alegro de no haber estudiado en Yale.

Me zafo con delicadeza de su brazo, me doy media vuelta y entro en el coche. Su cálida risa me acompaña mientras me alejo.

Tardo kilómetros en darme cuenta de que se ha quedado con mi chaqueta.

# Capítulo 4

Es viernes por la noche. Todos los viernes le hago la cena a Dave en mi casa. Todos. Es un pequeño ritual que nos sirve para eliminar una ínfima parte de la molesta incertidumbre de la vida.

Está sentado en la mesa del comedor cenando pollo al romero y espárragos al vapor. Aún no ha probado la copa de vino blanco colocada al lado de su plato.

—He calculado un presupuesto para el anillo —me dice.

—¿Un presupuesto?

—He pensado que deberíamos gastarnos unos doce mil dólares —propone—. Con esa cantidad se compra calidad, no ostentación. Queremos que sea algo auténtico, ¿verdad?

Desvío la mirada hacia la cristalera que da acceso al patio de atrás. Dave siempre quiere que las cosas sean «auténticas», pero me da la impresión de que no sabe exactamente qué significa ese adjetivo, ni cuándo usarlo.

¿Y yo? Cuando el señor Dade deslizó ese cubito de hielo por mi muslo, cuando me besó en un lugar en el que Dave jamás me besaría, cuando me conmocionó con el tacto de su lengua... ¿Eso era auténtico? Jamás he sentido algo tan real en la vida y, al mismo tiempo, no parecía real en absoluto.

Miro la mesa. Es de madera muy pulida y está pintada de oscuro. Es sólida, fiable, práctica. Es auténtica. Igual que Dave.

El señor Dade es el primer hombre que me ha llevado al orgasmo de pie. Es el primer hombre que me ha visto desnuda mientras él permanecía completamente vestido. Incluso ahora lo veo trazando un círculo a mi alrededor, tramando algo, deseándome...

Me retuerzo en la silla.

—¿Te encuentras bien?

Es la voz de Dave. La voz de la cautela y el raciocinio. La voz a la que debería prestar atención.

—Esta noche te noto… agitada.

La palabra me irrita la piel.

—Tengo una cuenta nueva… Es la cuenta más importante que he tenido. Supongo que estoy nerviosa.

—Te entiendo perfectamente. Yo también estoy hasta arriba de trabajo. Ya sabes cómo es esto.

Lo sé. Dave es asesor financiero. Al igual que a mí, le gustan las cosas seguras, y es seguro que siempre habrá ricos que intenten escaquearse de pagar sus impuestos. Dave interviene en esos casos. Los millonarios le dan el dinero que se niegan a compartir con Hacienda y Dave hace que sus preocupaciones desaparezcan.

Lo observo mientras cena y pienso que quiero ser para él algo seguro. Y también quiero que él haga que mis preocupaciones se desvanezcan como el dinero invisible que oculta en paraísos fiscales.

Cuando termina de cenar, me levanto y me coloco a sus espaldas. Poso las manos en sus hombros y comienzo a darle un masaje para liberar la tensión.

—Quédate a dormir, Dave.

—Mmm... Ese era mi plan.

Levanta la copa de vino para beber mientras recorro su pelo rubio con los dedos. Me coloco delante de él y me siento a horcajadas sobre su regazo.

—Te deseo, Dave.

—¿Qué se te ha metido en la cabeza? —me pregunta con una sonrisa cansada.

Posa la copa de nuevo en la mesa. Me inclino hacia delante y le rozo el lóbulo de la oreja con los dientes.

—Lo importante es qué quiero meter dentro de mí.

No responde. Sus manos se posan dubitativas en la parte baja de mi espalda.

Esto podría estar bien. Esto podría ser auténtico.

—Esta noche no hace falta que me trates con delicadeza —susurro mientras mi mano vuelve a su cabello, pero esta vez la cierro en un puño y le tiro de la cabeza hacia atrás para que me mire a los ojos—. Quiero que me arranques la ropa. Quiero que me sujetes con fuerza mientras me embistes.

—Espera, quieres...

Sus palabras se desvanecen. Siento sus manos temblando sobre mi cuerpo.

—Ah, quiero tantas cosas: ferocidad, pasión animal... Domíname. Esta noche quiero hacer travesuras. —Mi voz es pícara y dulce a la vez—. Dave, ¿me follarás esta noche?

Me aparta de inmediato de su regazo pegando tal salto que tengo que sujetarme a la mesa para mantener el equilibrio.

—Pero ¿qué mosca te ha picado? —Parece desorientado, perdido—. Tú no eres así. Tú nunca dices esas cosas.

La dulzura ha desaparecido. Su desconcierto me empuja hacia la ira.

Me mira con... repugnancia.

—¡Tú ni siquiera dices palabras malsonantes!

Retrocedo varios pasos mientras siento cómo la vergüenza me sube en espiral por la espina dorsal y me aprisiona el corazón.

—Estaba... Pensé que...

Me marchito ante la hostilidad de su mirada. La sensación de poder que me invadía hace tan solo un segundo también ha desaparecido.

—Supongo que lo que pasa es que estoy demasiado cansada —concluyo sin convicción.

Duda. Sabe que estar cansada no es suficiente razón para que me comporte así, pero veo que la sencillez de la excusa le complace.

—Tienes demasiado estrés en la oficina —dice con cuidado, tanteando su habilidad para desafiar a la lógica—. Trabajar tanto es agotador. Te entiendo perfectamente.

—Sí —afirmo, pero con una voz tan baja que no tengo claro que me haya oído.

—Creo que deberíamos dejarlo por hoy. —Coge su chaqueta y se la pone. Ahora que está preparando su huida, habla un poco más rápido—. Lo que necesitas es dormir. Vendré a las... ¿Las once te va bien? Tengo una lista de joyerías por las que deberíamos empezar.

Asiento con la cabeza. No puedo hablar. No sin echarme a llorar. Dave quiere alejarse cuanto antes de la diabla que me ha poseído temporalmente. Da por hecho que habrá desaparecido una vez que me haya metido en la cama, sola bajo la colcha.

Se acerca de nuevo a mí y me da un beso breve y caballeroso en los labios. Es el beso de la absolución.

La vergüenza se me hace un ovillo en la garganta y me ahoga.

Al abrir la puerta para marcharse se da media vuelta con una sonrisa compasiva.

—Querremos ir a varias de estas joyerías antes de tomar una decisión. Sopesar las opciones y demás. —Vuelvo a asentir con la cabeza—. Así que no te olvides de ponerte unos zapatos sensatos. No quiero que vayas incómoda.

Me lanza un beso justo antes de que se cierre la puerta.

Cojo con cuidado su copa de vino. Antes de acercármela a los labios me detengo un momento para apreciar cómo las luces del techo hacen brillar el pálido líquido. Tiene un sabor floral, dulce, puro. Angélico.

Dejo que esas notas jueguen en mi lengua antes de lanzar la copa por el aire y estrellarla contra el otro extremo de la habitación.

Me dirijo allí y piso sobre el desastre que acabo de crear, disfrutando del ruido que hacen los añicos de vidrio bajo mis sensatos zapatos.

* * *

Se ha hecho bastante tarde. Me he duchado para intentar eliminar la vergüenza y la ira con champú barato. Me pasé de la raya, eso es todo. Al igual que las corporaciones con las que trabajo, yo también soy multifacética, complicada. Y al igual que en esas corporaciones, hay departamentos de mi alma que es necesario cerrar.

Pero también tengo puntos fuertes. Se me da bien mi trabajo. Soy capaz de reconocer el potencial sin explotar y de ver talento donde los demás no ven nada. Y soy capaz de encontrar la manera de optimizar ese talento hasta que lo único que se ve es poder.

Me siento frente al ordenador con el pelo húmedo y un corto albornoz blanco de Donna Karan. El forro de rizo seca la humedad de mi cuerpo; su suavidad hace que, por primera vez en esa nefasta noche, me sienta relajada.

Envío al señor Dade un correo electrónico:

*Necesito reunirme con el director de su departamento de seguridad para software de móviles. ¿Podríamos acordar una reunión para el lunes?*

No cabe duda de que en ese aspecto va a haber gran crecimiento. De hecho, ya ha habido cierto revuelo alrededor de algunos de los productos que han introducido en seguridad. Esos productos tienen un claro cometido: alimentar los miedos de la sociedad... Los miedos siempre son rentables: *thrillers* hollywoodienses, seguros, coches con airbags... Todo eso se basa en el miedo.

Mi Mac emite un sonido al recibir un mensaje: es una invitación del señor Dade para recibir una videollamada.

Mis dedos sobrevuelan el teclado, después se dirigen al cinturón de mi albornoz y tiran de él para ajustarlo mejor. Podría hacer caso omiso de la llamada. Es viernes y son las once de la noche.

Tendría que haberme vestido antes de enviar el correo.

Podría vestirme ahora, ponerme un traje, atarme el pelo..., pero ¿quién lleva puesto un traje un viernes por la noche en su casa? Se daría cuenta de que he hecho un esfuerzo por él; no un esfuerzo para complacerlo, pero un esfuerzo al fin y al cabo. Se daría cuenta del efecto que ha tenido en mí, y esa opción no es aceptable. Punto.

Por algún motivo, rechazar la invitación tampoco me parece una opción aceptable. Una parte de mí sabe que lo que pienso, así como este apremio que siento por hacer clic en «Aceptar», tampoco es bueno. Pero no escucho a esa parte de mí. Esta noche no. Habla en voz tan baja que no siento el peso de su sabiduría.

Hago clic en «Aceptar».

El señor Dade surge en mi pantalla como una aparición salida de las fantasías más oscuras. Me observa con serenidad desde su confortable hogar. Al fondo veo su cama. Tiene una colcha de color naranja brillante claro que me recuerda a las llamas de un fuego abrasador.

—No esperaba que te pusieras en contacto conmigo —comenta—. ¿Todos los viernes trabajas hasta tan tarde?

—Solo era un correo —respondo intentando mantener una expresión fría y altiva que compense la intimidad del albornoz blanco—. No esperaba recibir una videollamada. Lo que ha estado fuera de lugar ha sido su invitación.

—Ya, pero era un e-mail de trabajo. Doy por sentado que me cobrarás por el tiempo que te ha llevado escribirlo y, probablemente, también por los minutos que has empleado en pensarlo y, probablemente, hasta por los minutos que has tardado en encender el ordenador. Tú eliges tu horario,

Kasie. Has decidido que esta hora es de trabajo y ahora estás trabajando para mí. Doy por sentado que, en las horas de trabajo que me dediques, estarás totalmente disponible… para mí.

Sus palabras me excitan, pero aprieto los labios hasta formar una línea recta con la que trazo una raya que marque el límite en una playa imaginaria.

—Siempre tengo disponibilidad completa para hablar de trabajo, señor Dade.

—Puedes llamarme Robert.

—Si fuéramos amigos, le llamaría Robert.

—¿Y no somos amigos?

Se reclina y veo por primera vez las elegantes curvas de la silla en la que está sentado. Es una antigüedad, quizá del siglo XVIII. Es una silla que habla de dominación y realeza, pero, sobre todo, de dinero.

Yo entiendo de dinero. Sé manejarlo, manipularlo. Sabré manipular a este hombre sentado en una silla tan cara que resulta ridícula.

—No —niego con rotundidad—. No somos amigos.

—¿Amantes, entonces? ¿Cómo te diriges a tus amantes, Kasie? ¿Por el apellido? ¿Por el nombre? ¿O empleas palabras de una naturaleza algo más descriptiva?

—No somos amantes.

—Vaya, ahí te equivocas. He sentido tu cuerpo bajo el mío, he acariciado tus firmes pechos, he estado entre tus paredes. Sé dónde tengo que tocarte para que pierdas el control.

—Fue solo una noche. —Trato de mantener la frialdad en mi tono, pero me doy cuenta de que la marea amenaza la presencia de la raya en la arena—. Una anomalía. Ahora no soy su amante.

—Ah, ¿entonces por qué reaccionas como si lo fueras?

Las palabras me traspasan. Juegan con mis nervios y ponen a prueba mi fuerza de voluntad. Aparto la mirada de la pantalla. Esto es absurdo. No estaba en mis planes. Ya he barrido los cristales de la copa del comedor. No hay necesidad de romper nada más.

—Quiero reunirme con sus directores y sus ingenieros —espeto sin mirar al ordenador. He de relajar la voz y la respiración—. Quiero hablar con ellos de sus competencias.

—¿Recuerdas cuando me tocaste aquí?

Vuelvo a mirar la pantalla y veo cómo se quita la camiseta negra con toda naturalidad, con una elegancia casi lánguida. Es perfecto, hermoso, potente. Pasa los dedos por unos arañazos que tiene en la piel que le cubre el corazón.

¿He sido yo? Recuerdo que le arañé la espalda, pero el pecho... Ay, sí. Fue cuando me alejó de la pared y me bajó al suelo. Me pellizcaba con suavidad los pezones mientras yo empujaba mis caderas contra las suyas. No había ningún control, solo lujuria, deseo y esa sensación... La sensación que me producía su tacto, la sensación de que me abriera y me embistiera hasta que ninguno de los dos fuimos capaces de pronunciar palabra.

—¿Te acuerdas de dónde te toqué yo, Kasie?

Me estoy ruborizando y el hecho de que me esté mirando me hace ponerme aún más colorada. Toco la solapa del albornoz. No lo abro, solo paso los dedos por ella, aferrándome con fuerza al poco recato que me queda.

—Ábrete el albornoz, Kasie.

—No puedo hacer eso, señor Dade. Necesito que se concentre. Tengo que hablar de negocios..., seguridad..., percepción pública... Hay que elaborar estrategias...

Su boca dibuja una sonrisilla y pierdo el fino hilo de mi argumentación al recordar la sensación que me provocaban sus labios subiendo por mi muslo.

—Ah, estoy concentradísimo. Y confía en mí: estoy elaborando una estrategia.

—Yo no soy su proyecto, señor Dade.

—No, eres mi amante, Kasie. Y te he dicho que me enseñes el lugar donde te toqué.

Es hora de quitar las manos del albornoz. Es hora de apagar el ordenador. Es hora de ser seria: vino blanco, nada de whisky; cenas tranquilas en casa, nada de noches salvajes en Las Vegas; se acabaron las copas rotas.

—Ábrete el albornoz, Kasie.

Tiro de los extremos de la solapa, mi albornoz se abre un poco, mostrando la concavidad que separa mis pechos.

—Un poco más, señorita Fitzgerald —pronuncia las últimas palabras con picardía.

Se está burlando de mí, me está retando. Es una chiquillada y no debería costarme nada resistirme.

Abro un poco más el albornoz. Le miro a los ojos y vuelvo a sentir su poder..., pero esta vez su fuerza me penetra. Entra en mis pulmones hasta llenarme entera, tocándome como una caricia.

Mis manos firmes abren por completo el albornoz, que queda apoyado sobre mis hombros. Sostengo su mirada ahora que mi inquietud ha desaparecido. Echo los hombros hacia atrás y deslizo los dedos hasta los pezones, que le señalan, duros y receptivos.

—Me tocó aquí.

Nos hemos trasladado al Venetian; vuelvo a sentir cómo me empotra contra la pared y abrazo entre las piernas su feroz energía.

—¿Y dónde más?

Recorro con los dedos el contorno de mis pechos, antes de trazar una línea entre las costillas y el vientre.

—Me tocó aquí.

Siento cómo me besa la base del cuello, esa zona de la piel tan suave y sensible.

—¿Y dónde más?

Mis dedos siguen bajando. No puede ver dónde están, pero lo sabe; sus ojos me dicen que lo sabe.

Y lo siento en lo más profundo de mí. Me quemo por estar en esa cama color fuego.

—Me tocó aquí —gimo.

Sé que mi actitud lo está afectando. Ahora los dos tenemos el poder. Su respiración se ha acelerado un poco; sus ojos transmiten un poco más de premura. Sus manos se mueven por debajo de la pantalla y sé lo que están tocando. Conozco sus detalles, conozco su fuerza... Quiero volver a sentirla. Quiero catarlo del mismo modo que él me cató a mí.

—Y me entró por aquí... —susurro mientras toco y acaricio la humedad entre mis piernas.

Oigo sus gemidos mientras dejo caer la cabeza hacia atrás; he perdido el control. Siento el roce de sus ojos —que es casi tan placentero como el de sus manos, y... ¡oh, qué manos!—, pero no es suficiente, así que me toco imitando sus caricias. Estoy inmersa en su deseo, en el mío.

—Kasie —susurra.

Mi nombre es la caricia definitiva que necesitaba. Me agarro con la mano que tengo libre al reposabrazos y adelanto las caderas adentrándome en el peligroso camino que solo puede llevarme a un destino. Oigo cómo vuelve a gemir. Sé que no estoy sola. Sé lo que le estoy haciendo a él y a mí misma.

Mi cuerpo entero se estremece cuando alcanzo el orgasmo; un orgasmo de tal vigor que me convulsiona y me araña el corazón. Es el acorde final de una rapsodia erótica que me deja con una mezcla de emociones: satisfacción y anhelo inagotable.

Me quedo quieta un momento. Tengo los ojos cerrados y solo se oye el sonido de mi respiración y de la suya. Él está en la otra punta de la ciudad, a mi lado, en todos sitios.

La vocecita que ha intentado hablarme antes, la voz que viene de una parte de mí a la que debería haber escuchado, me susurra ahora resignada: «Has roto otra copa».

Se me hace un nudo en la garganta y extiendo una mano temblorosa hacia el teclado…

Y cuelgo la videollamada.

# Capítulo 5

Estoy sentada en el salón esperando. Esperando a Dave. Esperando al caos. Algo se revuelve dentro de mí. Un brebaje hecho a base de desastre y de impetuoso deseo. Tengo que sacarlo de mi ser. Tirarlo por la alcantarilla junto con todos los residuos tóxicos que ensucian nuestras vidas. Pero lo que no puedo hacer es añadir falsedad a esa humeante olla de problemas. Dave se merece que le diga… algo.

Me pongo de pie y avanzo hasta la ventana para contemplar un cielo gris que no logra ocultar por completo la brillante luz del sol. ¿Puedo culpar a Dave de mis recientes errores? Me gustaría. Los nervios de la boda me hicieron perder los estribos, eso es todo. Mi subconsciente me advierte que el matrimonio que me espera con él no es tan perfecto como yo había imaginado. ¡Anoche me rechazó con tanta facilidad! Se comportó tal y como hubiera hecho con un vagabundo que le pidiera dinero en la calle: despachándole con una sonrisa, con un gesto educado de compasión y desprecio.

El rechazo fue lo que removió ese brebaje; el agravio, lo que espoleó mi rebelión. Así que hablaré con Dave. Me enfrentaré a la música. Y si la música me resulta amenazante, encontraré el modo de suavizarla, desenchufaré las guitarras eléctricas y los bajos hasta que lo único que quede sea una apacible melodía al compás de la cual pueda balancearme.

Estoy convencida de ello... hasta que suena el timbre.

Dave está plantado en la entrada con una docena de rosas blancas. Había rosas blancas en el evento en el que nos conocimos... hace seis años. Hace una eternidad..., pero en este momento el recuerdo está tan presente que prácticamente podría tocarlo. Cuando me acompañó al coche, pasamos por una floristería y Dave insistió en que yo también debía tener rosas blancas. Me compró una docena para que las pusiera en casa. Entonces me pidió el teléfono y, teniendo en cuenta lo que acababa de hacer, decidí dárselo. La mayoría de las chicas daríamos algo a cambio de un ramo de flores: un número de teléfono, una sonrisa o incluso una rabieta. Aunque lo cierto es que el precio más habitual de tal regalo es perder la capacidad de determinación.

Lo dejo pasar, entra en la cocina y resurge con las rosas cuidadosamente colocadas en un jarrón. Encuentra el lugar perfecto para ellas sobre la mesa del comedor.

Dave y yo ni siquiera nos hemos saludado aún, pero el lenguaje de las rosas es más tangible que las palabras.

—Anoche la situación se me fue de las manos... —confiesa. Está concentrado en las rosas, no en mí, pero esa forma de evasión no me molesta—. Yo no quería venir a vivir a Los Ángeles, ¿lo sabías? Lo hice por trabajo.

Me encojo de hombros con reticencia. Ya me lo ha dicho otras veces, pero no le veo la relevancia en este momento.

—Es una ciudad muy vulgar —prosigue—. Aquí las sonrisas de los hombres tienen los dientes blanqueados y las mujeres te plantan las tetas de silicona en la cara. Todo el mundo es muy agresivo, pero las mujeres... se comportan como hombres. Como *drag queens* que se mueren de ganas por exhibirse. No son señoritas. No son como tú.

—¿Yo soy una señorita?

—Pero también eres fuerte —añade en seguida Dave. Se sienta en una de las sillas tapizadas del comedor—. Fuerte, con ambición y dominio de ti misma, discreta, bella. —Se detiene para buscar una metáfora—. Eres un arma oculta. Un revólver escondido en un elegante bolso de Hermès.

Me gusta la imagen.

—La mujer que lleva ese bolso sabe que solo puede sacar el revólver cuando hay lobos al acecho. Solo en situaciones de peligro extremo. Porque llevar un revólver en la mano es vulgar, ordinario —continúa—. Pero la cosa cambia cuando el arma se guarda con cuidado en un bolso de una marca de prestigio.

A medida que desarrolla la metáfora, esta pierde la gracia. Una pistola que no se puede usar es un objeto inútil. Pierde su razón de ser.

Pero entiendo lo que trata de decirme. Anoche no fui la mujer que él quería que fuese, la mujer que siempre he sido con él, la mujer de la que se enamoró. Anoche el revólver salió del bolso.

—Anoche la situación se me fue de las manos... —repite—. Pero es que me asustaste. No porque lo que dijiste fuera demasiado extremo, sino porque es algo que tú no dirías. —Vuelve a ponerse de pie, coge una rosa del ramo y me la acerca—. ¿Te acuerdas de la primera vez que te compré rosas blancas? ¿Del día que nos conocimos?

—Acababa de terminar la carrera —respondo con el vívido recuerdo—. Ellis me invitó al acto para los licenciados de su universidad porque en los de Harvard no estaba recibiendo ninguna oferta de trabajo interesante.

—Recuerdo tu actitud —prosigue—. Tu modestia, tu fuerza... En cuanto te vi, quise acercarme a ti.

Centro la mirada en las flores mientras mi mente viaja al pasado.

Ese día Dave estaba muy atractivo. Parecía un jovencito dulce... y algo raro porque llevaba una camisa de raya diplomática roja y una corbata azul marino en una ciudad en la que solo los vendedores de coches y los empleados de banco llevan corbata. Pero me gustó que hiciera caso omiso de la moda de Los Ángeles. Llamaba la atención. Era como volver a una época y a un lugar en los que se esperaba que los hombres instruidos fueran unos caballeros y en los que la palabra «elitismo» no sonaba tan mal.

Cuando empezamos a hablar se mostró cohibido, pero fue ganando confianza a medida que profundizábamos en la conversación. Dijo que le hablaría bien de mí a la consultoría internacional para la que yo había deseado trabajar. En cuanto terminé la carrera en Harvard, me puse en contacto con ellos, pero me rechazaron. Sin embargo, el padrino de Dave era el fundador de la empresa y podría ofrecerme una segunda oportunidad, algo tan ansiado y tan poco habitual.

Después empezó a hablarme de él. Llevaba dos años viviendo en Los Ángeles y odiaba la contaminación, los atascos, la gente y la cultura hollywoodiense. Pero le gustaba el bufete de abogados en el que trabajaba y le encantaba la cantidad de dinero que era capaz de sacar de los bolsillos de Armani que se paseaban por la ciudad. Mudarse a otro lugar por el mero hecho de encontrarlo más acorde con sus gustos sería una irresponsabilidad por su parte.

Entonces supe que Dave y yo éramos muy parecidos. Él también obedecía las normas. Era un hombre responsable y pragmático, que no se dejaba gobernar por la tentación ni los caprichos pasajeros. Dave era una persona estable. Estando a su lado, me di cuenta de que para mí... —una mujer con una licenciatura en Harvard, por la que debía al banco un inmenso préstamo, y sin una sola oferta de trabajo de una empresa para la que le apeteciera trabajar—... Bueno, para mí la estabilidad era una cualidad interesante..., incluso atractiva.

Y yo también quería acercarme a él.

Extiende el brazo y los pétalos me tocan la nuca. Su tacto me devuelve al presente.

—No cambies, Kasie —me pide—. Eres lo único que hace soportable esta ciudad. Cuando estoy contigo, siento que tampoco estoy tan lejos del pueblo en el que crecí. Cuando estoy contigo, me siento en casa.

Da otro paso al frente; la rosa permanece en el mismo sitio: sus delicados pétalos, contra mi piel.

—No cambies. No cambies, por favor.

Este es el hombre al que he querido culpar de mi mala conducta. Este el hombre que me ve como quiero que me vean. Para él soy una señorita, un arma letal en un bolso de marca. Dave ve la mujer a la que yo aspiro; el señor Dade ve la mujer de la que huyo, la versión de mí que he tratado de enterrar en un portatrajes.

Debería haberme dado cuenta antes, debería haberlo entendido antes de aceptar la invitación a hacer una digresión.

Nunca he tenido que buscar mi papel en la vida. Siempre me lo han asignado. Mis padres, mis profesores, este hombre que me obsequia con blanquísimas rosas. Mi hermana eligió otro camino. En mi familia ya nadie habla de ella. Del mismo modo que los antiguos egipcios eliminaban las imágenes y los nombres de los dioses que caían en desgracia, mi familia ha borrado a mi hermana de nuestras vidas, sin más. Vivo la vida que se espera que viva y me quieren por ello. ¿Por qué cambiar ahora de camino?

—Hoy voy a comprarte una alianza —afirma Dave.

Asiento con la cabeza y sonrío.

* * *

Joyerías y más joyerías, anillos y más anillos... Ninguno me convence. Uno pesa demasiado, el otro es demasiado oscuro. Diamantes y más diamantes; son tan puros que se podría cortar cristal con cualquiera de ellos. Todos hablan de una tradición que se remonta al siglo XV. De una historia salpicada de sangre y de codicia. Hay otras costumbres más inocentes. En la época colonial los hombres entregaban dedales a las mujeres para expresar su amor eterno. Yo no sabría qué hacer con un dedal.

Aunque tampoco sé muy bien qué hacer con un diamante.

—¿Y si miramos otra piedra? —sugiero con la vista puesta en el llamativo rojo de un rubí.

La mujer tras el mostrador sonríe con la sonrisa con la que todos los vendedores sonríen cuando huelen el dinero.

—No está tratado. —Saca el anillo de la vitrina y me lo entrega—. Directamente sacado de la tierra, cortado y pulido.

Dave arruga la nariz. A él no le gusta la idea, pero yo estoy hechizada. Pongo la gema a la luz.

—Todos los rubíes tienen pequeñas imperfecciones —continúa la vendedora—. Inclusiones de agujas de rutilo. Las llamamos «sedas». El rubí es una piedra preciosa más compleja que el diamante. Sus imperfecciones los hacen únicos.

«Sedas». El nombre me seduce. Logra que hasta las imperfecciones parezcan elegantes.

—Queremos un diamante —afirma Dave con contundencia—. Es más... puro.

No lo tengo tan claro. Las décadas de opresión sufridas por los sudafricanos o la cruenta dictadura militar impuesta en Myanmar... Injusticia y dolor por culpa de pequeñas piedras preciosas que supuestamente simbolizan amor. Aunque, claro, quizá sea un contexto bastante adecuado, si tenemos en cuenta la naturaleza real del amor.

—¿Tan inapropiado sería que compráramos algo diferente? —le pregunto a Dave.

Duda. Veo el conflicto en su mirada. Sé que está calculando la culpabilidad que siente por lo que pasó anoche para compararla con el peso de sus verdaderos deseos.

Gana el sentimiento de culpa.

—Si lo que de verdad quieres es el rubí, es lo que deberías tener. —Me besa en la mejilla y posa el brazo sobre mis tensos hombros—. Quiero hacerte feliz de verdad, regalarte la felicidad absoluta.

Mientras me pongo el anillo en el dedo, me pregunto si es sensato desear algo tan efímero e insustancial como la felicidad absoluta.

* * *

Unas horas más tarde, y minutos después de que Dave se haya marchado a jugar al raquetbol con un socio de su empresa, estoy sentada en casa contemplando... Bueno, contemplándolo todo.

No tengo el anillo. Como el precio superaba el presupuesto de Dave, nos marchamos. Le dijo a la vendedora que quería meditar la decisión y ella nos aseguró que hablaría con el gerente para intentar conseguirnos un precio un poco más bajo. Dave me dijo que se trataba del primer paso en un proceso de negociación, que el margen de ganancia de las gemas era muy alto y que no regatear era una imprudencia. Pero si no lo hubiera hecho, yo ahora tendría mi anillo; él me lo habría puesto en el dedo y ahí se habría quedado... para siempre. Tal y como siempre habíamos planeado.

Le doy vueltas a la palabra «siempre» en mi mente. No sé lo que significa.

Cojo de la mesita una revista sobre negocios y finanzas y empiezo a hojearla, pero no me concentro.

No hay una razón lógica que me impida casarme con Dave. Está haciendo todo lo que se supone que debe hacer: comprarme el anillo que quiero a cambio de que yo me comprometa a ser la persona que he sido toda la vida. Lo único que me pide es que rechace los caprichos que últimamente se le antojan a mi naturaleza. Los compromisos son las vigas que sujetan las relaciones. Tan solo tengo que comprometerme a prescindir de una parte de mí con la que ya me siento incómoda.

Entonces, ¿por qué me parece imposible?

De pronto me encuentro muy cansada. Cierro los ojos y apoyo la cabeza en el respaldo de la butaca de cuero color crema.

Veo el rostro del señor Dade en la oscuridad de mis párpados cerrados. Lo percibo, lo siento. Noto un latido que comienza a resultarme familiar.

Esto no está bien.

Me levanto, me dirijo a la cocina y me sirvo un poco de Evian en una copa de agua. Es normal tener fantasías. Lo sé. ¿Tan diferente es esto a fantasear con un actor, una estrella del rock o un modelo de un anuncio de vaqueros Diesel?

Sí. Porque al actor, a la estrella del rock o al modelo nunca los he tocado. Nunca me he quitado el albornoz delante de esa gente. Nunca les he pedido que me quiten las braguitas. No sé cómo es el tacto de sus dedos.

Quiero cerrar los ojos, pero no puedo porque él está ahí. Tengo que hacer un tremendo esfuerzo para no pensar en él. Apartar su imagen de mi cabeza supone un esfuerzo tan grande como ganar un pulso. Si me relajo, si dejo que la fuerza del recuerdo me derrote, estaré perdida.

Bebo agua. Sé que ya estoy algo perdida porque, aunque aún logro apartar su imagen de mi cabeza mientras tengo los ojos abiertos, no consigo zafarme del recuerdo de su tacto. En este preciso momento, mientras trato de lograrlo, siento cómo me humedezco.

Me desabrocho los vaqueros y meto la mano con cuidado.

Al tocarme doy un respingo, sorprendida por mi propia sensibilidad. No debería hacer esto: pensar en el hombre equivocado, rememorar lo ocurrido…

El sonido de mi móvil me sobresalta y miro a mi alrededor como si fuera posible que alguien estuviera observándome. Saco la mano y me la lavo con agua caliente en el grifo de la cocina. Después, con los vaqueros desabrochados y sueltos a la altura de la cintura, salgo de la cocina y veo mi teléfono en la mesa del comedor junto a las rosas.

En la pantalla aparece el nombre del señor Dade. No es más que un mensaje. Me pide que acuda con mi equipo a su oficina el martes a las 9.30 para hacer una visita al edificio. No hay parte del mensaje que deba atormentarme, preocuparme, deleitarme…, tan solo su nombre.

Y su nombre basta para hacer todo eso y mucho más.

Muevo los dedos sobre la pantalla táctil:

*Quiero verlo antes.*

Pasa un momento, dos… Responde con una pregunta:

*¿A qué hora podría venir tu equipo?*

*Estarán en su oficina el martes a las 9.30*, respondo; me detengo antes de añadir: *Yo llegaré a las 8.*

Mientras espero su respuesta pasa otro momento de silencio. El tiempo pasa tan despacio que se me hace un nudo en el estómago.

Y entonces llega su respuesta resumida en una sola palabra.

*Sí.*

## Capítulo 6

El martes entro en el edificio de los cristales oscuros. Me dirijo a los ascensores; a cada paso mis tacones resuenan contra el suelo de mármol. Mi pulso se acelera con cada pisada, solo un poco, pero lo suficiente... Lo suficiente como para recordarme que esta situación puede que se me escape de las manos.

Ni dudo ni miro el letrero para verificar el número de su despacho. Sé perfectamente adónde voy; lo que no tengo tan claro es qué voy a hacer cuando llegue allí.

Hay una sala de espera junto a su despacho, pero no hay nadie sentado tras el mostrador. Veo que la puerta está abierta y que una taza de café y una cajita de pastas están apoyadas en una mesa junto a la ventana, aparentemente olvidadas. Y entonces lo veo a él: está en su escritorio con la cabeza inmersa en unos papeles. En su pelo canoso brillan varias gotas de agua, huellas de una ducha reciente.

Me detengo un momento para imaginármelo: Robert Dade, desnudo en la ducha, el agua le recorre el cuerpo entero mientras él, con los ojos cerrados, está inmerso en sus pensamientos, perdido en la calidez que acaricia su piel, silencioso y vulnerable ante el mundo. Me imagino colándome en la ducha tras él y deslizando mis dedos por su pelo. La sorpresa hace que se ponga tenso, pero las caricias no tardan en relajarlo. Me imagino mis manos cubiertas de jabón bajando por su espalda hasta el trasero, recorriendo sus caderas y finalmente acariciándole la polla hasta dejársela limpia, dura y perfecta.

Mi brusca inhalación basta para desconcentrarlo de los papeles que tiene delante. Me mira, ve el color de mis mejillas y sonríe.

Me clavo las uñas en la palma de las manos y trato de centrarme en el dolor. He pasado días dándole vueltas a este tema. No he ido hasta allí para entretenerme con fantasías. He ido a terminar con esta situación. He ido porque quiero practicar una ruptura limpia para ser la mujer que quiero ser. En los parques nacionales las señales te advierten que no te salgas del camino. Si te desvías, te puedes perder y puedes llegar a estropear aquello por lo que precisamente fuiste.

Entro en el despacho decidida a no salirme del camino, incluso cuando cierro la puerta a mis espaldas.

En sus ojos leo tanta información como si consultara una enciclopedia. Me desea. Siente curiosidad. Igual que yo, no sabe qué esperar de esta situación y trata de adivinar dónde está hoy la raya en la playa imaginaria para decidir si debe apartarme o arrastrarme hacia él.

—Esto se va a terminar —digo.

—¿Esto? —pregunta sin levantarse del asiento.

Mi tono es neutro y mucho más frío que mis acaloradas mejillas.

—Se acabaron las transgresiones. Se acabaron los errores. Se ha terminado. Dave y yo... Hemos elegido un anillo.

—Dave... —Pronuncia el nombre con cuidado, mientras se levanta y rodea su escritorio sin llegar a ponerse delante de él; aún está buscando la raya en la arena—. ¿Se llama así?

Asiento con la cabeza.

—Es un buen hombre. Es amable, considerado... Me compra rosas blancas.

Las palabras se me escapan de la boca como dardos, pero no tengo puntería. No logro que ninguno haga diana, ni de lejos.

—Entonces no te conoce muy bien.

—Me conoce desde hace seis años... Prácticamente toda mi madurez.

—En tal caso, su ignorancia no tiene excusa. —Da un paso al frente—. Las rosas blancas son bonitas, pero no tienen nada que ver contigo. Tú te pareces más a una violeta africana. ¿Alguna vez has visto una violeta africana?

Niego con la cabeza.

—Es una flor que suele ser de un morado muy oscuro; el color de la realeza. —Me examina y cruza los brazos por delante de su ancho pecho—. Sus pétalos parecen de terciopelo. Da la impresión de que quieren que los toques. Y el centro, su núcleo, el lugar donde las abejas encuentran el ansiado néctar, es de un color dorado muy vivo. La sensualidad que irradia no parece salida de unos dibujos animados, como ocurre con el *anthurium*, ni es tan típica como la de la orquídea, que en cualquier caso es demasiado frágil como para compararla contigo. La violeta africana es fuerte y atractiva, su belleza se aprecia a simple vista, pero para apreciarla del todo hay que tocarla. Es una flor muy compleja.

—No —replico—. A mí me gustan las rosas de toda la vida. Me da igual si son comunes. Es una flor sencilla, elegante..., dulce. —Pongo la espalda recta, pero sigo sin mirarle a los ojos—. Esto debe terminarse —susurro—. Se acabaron los errores.

—No hemos cometido ningún error. Hemos considerado y deliberado todos nuestros actos.

—No, no lo pensé detenidamente. Estaba... abrumada.

Vuelve a sonreír. Me gusta su sonrisa. Me gusta porque le hace parecer un joven travieso. Me gusta porque me hace sentir calor en la boca del estómago... y en otras partes.

—Yo no te saqué a rastras de la mesa de blackjack —dice—. Fuiste tú quien vino conmigo. Fuiste tú quien pidió whisky.

—Solo iba a ser una copa.

Da otro paso al frente.

—Fuiste tú quien subió al ascensor para ir a mi habitación. —Otro paso—. Fuiste tú quien se puso cómoda y quien aceptó una copa de caro whisky escocés. —Otro paso—. Y cuando caté el whisky en tu piel, fuiste tú la que me agarraste de la camisa.

Y otro. Estira el brazo y me agarra de la parte delantera de mi blusa de seda blanca. Posa la otra mano en mi cadera, después la desliza hacia mi vientre y después más abajo.

Jadeo al notar su mano en la entrepierna.

—Fuiste tú quien me pidió que te quitara las braguitas.

La falda que llevo hoy es demasiado amplia. Le permite meter la mano con facilidad. Siento cómo aplica la presión adecuada sobre la tela que separa nuestras pieles. Me clavo las uñas con más fuerza en las palmas, pero el dolor queda mitigado por las otras sensaciones, a su lado resulta insignificante.

—Dime que pare y lo haré —susurra con calma—. Pero no me digas que esto va a terminar. No hay un «esto». Hay un tú y hay un yo. Siempre hemos tenido a nuestro alcance la opción de reprimirnos. Siempre hemos tenido la capacidad de decir que no. —Reduce la presión de la mano—. O que sí.

Al pronunciar esa palabra comienza a mover la mano: hacia delante y hacia atrás. Siento que mi cuerpo reacciona y que mis caderas se mueren de ganas de imitar ese movimiento.

—Dime que pare, Kasie, si es lo que quieres. Basta con que lo pidas.

—Señor Dade... —susurro antes de respirar—. Robert.

—Sí.

No es una pregunta. Es una afirmación. Una declaración de lo que es y lo que no.

Agarro la mano que sigue aferrada a mi camisa. Le miro a los ojos y entiendo lo que expresan.

—Robert Dade —susurro con calma—, pare.

Deja caer las manos. Sin cesar de mirarme a los ojos, da un paso hacia atrás. Mi respiración sigue siendo irregular. Espero a que mi excitación se disipe. Pero no ocurre. En lugar de desaparecer, cambia, se transforma en otra cosa.

En algo que se parece mucho a la sensación de poder.

Sonrío.

Trazo medio círculo a su alrededor y, sin saber por qué, me paro a sus espaldas, acortando la distancia que le acabo de pedir que ponga entre nosotros.

No debería hacerlo. Pero lo hago.

Dejo que mis dedos le acaricien el pelo tal y como en mis fantasías. Y tal y como predije, se pone en tensión y después se relaja.

—Usted me quitó la chaqueta —le susurro al oído.

Cojo su chaqueta deportiva, se la quito y la tiro al suelo. Veo su imponente cuerpo y me apoyo en él, aplastando mis tetas contra la zona que hay bajo sus omoplatos, justo donde su musculosa espalda comienza a angostarse en dirección a su estrecha cintura.

—Esta será la última vez —le digo—. Esta mañana marcará el final. Esta será la última vez que me desvíe del camino.

Se gira para mirarme a la cara. Trata de averiguar la conexión entre mis palabras y la sonrisita que aflora en mis labios.

—Esta es la última vez —repito mientras retrocedo hacia su mesa. Estoy un poco nerviosa y me sorprende lo que estoy diciendo, lo que estoy deseando, lo que estoy haciendo—. Esta es la última vez —repito de nuevo mientras me reclino sobre la mesa y abro las piernas—. Hagamos que valga la pena.

Tarda centésimas de segundo en ponerse encima de mí. Su boca se aplasta contra la mía mientras me tira del pelo; me levanta la falda y noto cómo me quita las bragas con brusquedad antes de meterme los dedos. Esta vez no me resisto. Su boca sabe dulce y amarga a la vez. Empieza a mover los dedos más rápido y le muerdo el labio con delicadeza para intentar contener mis gemidos.

Empiezo a desabrocharle los botones de la camisa. Me muero por tocarlo, por tocar todo su cuerpo. No quiero dejar nada para la imaginación o para los recuerdos que tantas horas he pasado reviviendo.

Esta es la última vez, así que voy a hacer que merezca la pena.

Ahora su pecho está desnudo y expuesto; a mi disposición para que lo acaricie y lo pruebe. Mientras sus dedos continúan moviéndose, poso la boca en su cuello para tomarle el pulso con la lengua. Cuando vuelve a tocarme de repente con el pulgar en el clítoris, gimo de nuevo, y esta vez no soy lo suficientemente rápida como para disimular el sonido.

No me ve la cara mientras mi boca avanza de un hombro al otro; hombros tan fornidos como los de Atlas. No, no me ve la cara, pero siente cómo reacciono cuando comienza el orgasmo. Su impacto hace temblar todo mi cuerpo.

Le quito el cinturón, le desabrocho los pantalones y meto la mano para agarrar la parte de su cuerpo que me espera con más anhelo. En cuanto sus pantalones caen al suelo, mis dedos se deslizan hasta la base para recorrer después, en dirección opuesta, la vena que sube hasta la grieta que marca el comienzo de la punta.

Lo que caldea ahora el ambiente son sus gemidos sofocados. Su respiración está totalmente fuera de control mientras me desabrocha la camisa, me desata el sujetador, me toca los pechos, me pellizca los pezones con cuidado y me besa el pelo.

Me quito la falda yo solita. Quiero entregarle todo esto y quiero coger todo lo que él tiene que ofrecerme. No basta con que la experiencia sea táctil, debe ser visceral. Lo respiro, siento su tacto..., quiero probarlo.

Me pongo de rodillas y permito que mi lengua baile sobre su erección. Qué placer experimentar cómo el anhelo, la súplica y la expectación por sentir mi cuerpo lo hacen endurecerse aún más.

Cuando me lo meto en la boca, emite un sonido que me recuerda a un gruñido.

El efecto que le provoco aumenta mi impaciencia, mi ansia, mi necesidad. Sin dejar de trabajarle con la boca, recorro con las manos su vientre, sus caderas, sus piernas.

Entonces me aparta, me sube de nuevo sobre la mesa, me separa los muslos y me mira fijamente a los ojos durante apenas un momento antes de penetrarme con fuerza.

De inmediato lanzo un grito, pues me he vuelto a correr. Estoy llena de él, su sabor permanece en mis labios. Le sujeto de los hombros mientras se mueve, me embiste una y otra vez. Vuelve a mirarme a los ojos y esta vez no retira la mirada. Yo no puedo mirar a otro lado. Mis caderas han aprendido a moverse a su ritmo y se alzan ansiosas en cada embestida, como si quisieran retarlo a ir más allá. Me coloca la rodilla contra el pecho y en esta postura vuelve a ganar ventaja.

Cuando el tercer orgasmo estalla por todo mi ser, siento cómo se estremece y se corre. Siento también la intensidad del nosotros.

Nos quedamos quietos, el uno contra el otro en un despacho que huele a café y a sexo, y le oigo murmullar..., no sé si para sus adentros o para mí: «¿La última vez? ¡Y una mierda!».

* * *

Quince minutos después salgo a la sala de espera del despacho del señor Dade. Salgo sola y vestida, pero alisando las arrugas recién creadas en mi blusa. No levanto la mirada para ver a la ayudante de dirección del señor Dade hasta que me siento en el sofá.

Tiene el pelo color caoba oscuro y unos enormes ojos verdes que me recuerdan a gigantescas canicas. Me está mirando. Lanzo una sonora exhalación de sorpresa, a la que ella responde con una sonrisa inquisitiva.

¿Cuánto tiempo llevará ahí? ¿Nos habrá oído?

¿Qué más da lo que haya oído? ¡El problema es que lo sabe! Esas canicas de color verde no están reflejando la imagen de mí que tanto empeño pongo en mostrar a la gente que me rodea. Sus ojos reflejan que está viendo a una mujer que actúa siguiendo sus impulsos más bajos, una mujer que se cuela en unas oficinas a las ocho de la mañana para poder tirarse a su nuevo cliente.

«Una mujer que va a por lo que quiere».

Esas palabras las susurra una voz dentro de mi cabeza. No es una voz que me resulte muy familiar. Hace siglos que el ángel posado en mi hombro derecho venció a la diabla del izquierdo. Pero ahora la que habla es la diabla y a la que le cuesta pronunciarse es al ángel.

—¿Quiere un vaso de agua? —me pregunta la mujer.

Inclina la cabeza hacia un lado y su pelo caoba le roza el hombro. Asiento en silencio; ella amplía su sonrisa y sale de la estancia para volver de inmediato con un vaso impecable y una botella de SmartWater.

—Me llamo Sonya —me informa mientras alcanzo el vaso y la botella, pero, como no los suelta de inmediato, vuelvo a mirarla.

Tiene la mirada clavada en los botones de mi camisa. Me he dejado uno sin abrochar. Cojo de inmediato el agua y el vaso y los poso en la mesita antes de solucionar el problema.

Soy capaz de identificar la naturaleza de las preguntas que tanto se esfuerza por reprimir. Sus manos vacías revolotean como si quisieran ayudarme con los botones.

—Es una seda muy bonita —dice mientras observa la velocidad a la que trabajan mis dedos.

«Me desea». El hallazgo salta dentro de mí como un géiser.

Me quedo mirando sus manos impacientes y sus ojos en forma de canica. La ayudante del señor Dade me desea.

Y lo más asombroso es que lo entiendo. En la vida me había sentido tan seductora, tan atractiva, tan fascinante. Nunca he estado con una mujer y no soy capaz de imaginármelo del todo. La piel de las mujeres es demasiado suave; su tacto, demasiado delicado.

El señor Dade me ha tirado del pelo, me ha levantado en volandas, me ha penetrado...

No, no me imagino con una mujer..., pero, aun así, entiendo su deseo y me produce una corriente eléctrica que recorre todas las partes que ella ansía tocar. Miro la puerta cerrada del despacho del señor Dade. El deseo que siente esta mujer me incita a abrir esa puerta para pedirle que vuelva a hacerme suya... contra la pared, sobre la mesa, en el suelo. Casi se me escapa una carcajada al darme cuenta de que el único sitio en el que no lo hemos hecho es la cama.

Las canicas verdes han rodado hacia otra dirección. Reconozco el rubor en las mejillas de Sonya.

—No sé si se lo ha mencionado... —dice al ver que mi mirada se dirige a la puerta del señor Dade—, pero tiene una reunión a las nueve y media.

—Sí —afirmo. Ahora que mis botones están abrochados, soy capaz por fin de susurrar alguna palabra—. Conmigo y con mi equipo.

—¿Es usted su reunión de las nueve y media? —Se dirige a su mesa y comprueba la pantalla del ordenador—. ¿Kasie Fitzgerald?

Asiento con la cabeza.

—Ah —exclama sentándose—. Ha corrido mucho... Quiero decir, ha llegado temprano.

Parece que la connotación sexual que ha insinuado sin querer la coge desprevenida, pues su boca dibuja una mueca para tratar de contener la risa.

No me sienta bien que le haga gracia. La inexplicable seguridad en mí misma que sentía hace unos momentos se desvanece. Cierro las piernas con tanta fuerza que los músculos de las caderas y los muslos protestan lanzándome diminutas dagas de dolor. Quizá me desee, pero eso no implica que el riesgo a la humillación haya desaparecido.

La arrogancia y el bochorno chocan en una colisión que me provoca una avalancha de emociones menos reconocibles. Me entran ganas de irme a casa, cerrar la puerta con llave y tratar de encontrarle sentido a la batalla que se libra en mi interior.

Sin embargo, como le comuniqué a mi equipo que me reuniría con ellos en la sala de espera del despacho del señor Dade, bebo la botella de agua y trato, con poco éxito, de aliviar mi desconcierto.

Evito mirar a Sonya mientras pasan los minutos. Finjo no darme cuenta de que llama a la puerta del señor Dade para averiguar si quiere que le lleve algo. Me pregunto si estará tan avergonzado como yo, pero el tono seguro y profesional con el que responde no indica turbación alguna. La única que está desconcertada soy yo.

Al regresar a su mesa me dedica otra sonrisa conspiratoria, pero la ignoro. Mi cuerpo se tensa aún más al oír voces familiares en el vestíbulo. Mi equipo entra en la sala de espera como una manada de leones a la caza. Dameon, el único hombre de mi equipo, se queda el último para dejar que sean las tres mujeres las que lleven la iniciativa. Nina, Taci y Asha son mis mujeres. Se mueven con lentitud, casi con languidez, y sobre todo con mucha cautela. Están analizándolo todo, intentando encontrar los puntos débiles de la empresa. Tienen hambre y están listas para abalanzarse sobre cualquier cosa que huela a oportunidad. Pero a mí no me ven..., mejor dicho, me ven, pero no ven mis detalles. No ven que tengo los puños apretados sobre el regazo. Tan solo ven a Kasie Fitzgerald, que los saluda uno por uno a medida que entran en la sala. Lo único que les llama la atención de mí es el peinado. El pelo suelto no acaba de cuadrar con la severidad de mi traje. Además, mis compañeros de trabajo nunca me han visto con el pelo cayéndome hasta los hombros. Los cuatro reservan un momento para dedicarme un cumplido y una mirada de curiosidad. Les agradezco lo primero e ignoro lo segundo.

Cuando el señor Dade aparece, me levanto y acepto con rigidez la mano que me tiende.

—Señorita Fitzgerald, es un placer volver a verla.

Su sonrisa burlona me desconcierta. Siento la necesidad de mirar a los demás para comprobar si alguien se ha dado cuenta, pero no quiero que se me vea el plumero.

—¿Puedo presentarle a mi equipo? —pregunto.

Asiente con la cabeza y presento a mis colegas uno por uno.

Los saluda con su seguridad e informalidad habitual, antes de volver su sonrisa hacia mí.

—Debo admitir —anuncia a la sala entera— que su jefa me ha impresionado. Su entusiasmo y su pasión me han hecho creer que quizá serán capaces de llevar a Maned Wolf al siguiente nivel.

Lanzo una mirada rápida a su ayudante, que se está mordiendo el labio, pero mi equipo no parece sospechar nada.

Exhalo para mis adentros un suspiro de alivio ante esa pequeña bendición y rememoro la frase que acaba de pronunciar el señor Dade. Me emociona más la palabra «jefa» que la sutil indirecta. Este es mi equipo. Nunca había tenido uno. ¡Por fin me han dado el control!

Pero cuando salimos de la sala de espera tras el señor Dade, que va a ofrecernos una visita al edificio, rememoro también otras cosas: cuando me acarició entre las piernas, cuando me besó el cabello.

Y mientras pienso en todo esto, vuelvo a mirar a la ayudante. Me está observando; no sé si con melancolía o con admiración. Ella sí ve mis detalles. En ese preciso momento me doy cuenta de que estoy empezando a perder el control.

## Capítulo
## 7

Sala tras sala, despacho tras despacho, el señor Dade conduce a mi equipo por los sinuosos pasillos de su vida. Porque está claro que esta empresa es su vida. El entusiasmo infantil con el que describe sus productos es prueba de ello. Nunca le había visto así. Así lo demuestran también las caricias que dedica a los planos que le entregan los ingenieros a lo largo de la visita. Estas caricias no son tan íntimas como las que ha compartido conmigo unos minutos antes, pero son igualmente cariñosas. Lo oigo también en la risa fácil que muestra mientras comemos con el equipo de *marketing* en la sala de conferencias. Sabe los nombres de cada uno de sus empleados, así como la tarea que desempeñan para él. Enumera sus cargos con el entusiasmo con el que un niño dice de corrido los datos de sus futbolistas favoritos. Tanto mi equipo como yo tomamos notas sin parar. Pero hasta cuando mi bolígrafo echa humo sobre el papel, mi mirada sigue desviándose hacia él. Todo lo que lo rodea me fascina. Hasta la manera que tiene de moverse cuando nos lleva a la reunión con los directivos de la empresa.

—No deben olvidar que este lugar es mucho más que una empresa para Robert y para mí —comenta amablemente el vicepresidente mientras me estrecha la mano.

Luego se la estrecha a Asha, luego a Taci, etcétera. El señor Dade está de pie un paso por detrás de él. Domina la sala sin necesidad de pronunciar palabra.

—Sobre todo para Robert —prosigue el hombre—. ¿Su casa? Robert está cómodo en su casa, claro, pero donde de verdad vive es aquí. Este es su verdadero hogar.

Esta información me coge desprevenida. Mi carrera profesional siempre ha sido una parte muy importante de mi vida. El éxito me motiva, el fracaso me estimula… Pero la empresa para la que trabajo… ¿Alguna vez me he sentido allí como en casa?

El señor Dade suelta una risilla y sacude la cabeza.

—Tú no eres mucho mejor que yo, Will. Si yo me paso aquí setenta horas a la semana, tú te pasas sesenta y ocho. Por eso tu mujer me odia tanto.

Sus bromas son afables, cordiales. Más que eso, son fraternales. ¿Alguna vez he considerado familia a Tom Love, Nina o Dameon?

Contemplo cómo mi equipo le dedica sonrisas acartonadas y asiente repetidamente con la cabeza a todo lo que dice este hombre, Will, que ahora habla entusiasmado sobre futuros proyectos y ambiciones corporativas. No conozco a mis colaboradores; conozco, claro, las estrategias que emplean, su ética laboral, su capacidad intelectual, pero no sé qué los diferencia realmente de los demás. No sé cuánto tiempo hace que Taci lleva esa alianza en el dedo, ni quién se la puso ahí. No sé por qué en el lugar en el que Dameon solía llevar un anillo solo queda una marca hecha por el sol. No sé de quién son las fotos que lleva Nina en el medallón de Tiffany que siempre le cuelga del cuello. Y ellos no me conocen a mí. Si me conocieran, les hubiera sorprendido mucho más que llevara el pelo suelto.

La única en la que alguna vez me he parado a pensar es Asha. Irradia una seductora energía oscura, más oscura que su pelo negro o que sus indios ojos marrones. Lleva un vestido más ajustado de lo que yo jamás me pondría para ir a la oficina, pero logra que resulte aceptable conjuntándolo con una recatada americana azul. En cualquier caso, es inevitable preguntarse qué ocurre cuando sale del trabajo y se quita la americana. ¿Tiene otra vida?

Mientras me lo pregunto, me doy cuenta de que, aunque esté en lo cierto, sería muy hipócrita por mi parte criticarla por ello.

Ahora el señor Dade me está mirando. Lo noto sin necesidad de devolverle la mirada. Este hombre es capaz de meterse en mi cabeza con la misma facilidad con la que se mete en mi cuerpo. Desvía la mirada hacia la mesa del vicepresidente, que no difiere mucho de la mesa sobre la que me he sentado hace poco más de una hora dispuesta, húmeda, suya.

Cohibida, cruzo los brazos sobre el pecho. Estoy en una habitación rodeada de desconocidos, ¿qué pensarían de mí estos desconocidos si lo supieran? ¿Qué pensarían si lo vieran?

¿Me mirarían del mismo modo que me miraba Sonya?

Las imágenes se agolpan en mi mente con tal celeridad que no logro ni capturarlas ni eliminarlas. Me veo sobre la mesa, rodeada por mis compañeros de trabajo. Me los imagino observándome mientras él me desviste. Veo cómo sus ojos siguen la trayectoria que describe mi blusa de seda al caer al suelo; es la primera prenda de una cascada de ropa que no cesa hasta que lo único que queda sobre mi piel es el aire fresco y el cálido tacto de Robert Dade. Oigo el suave murmurar de nuestro público mientras Robert explora mi cuerpo con el suyo, mientras me abre con sus manos y su boca… Noto cómo se acercan a mí mientras cada beso, cada roce, cada caricia me hacen sucumbir. Contemplan cómo Robert ruge de deseo y cómo me penetra. Relámpagos de placer recorren mi cuerpo, y después el suyo; el impacto nos hace estremecer mientras la sala entera suspira y jadea. Estoy totalmente expuesta ante todos ellos. Y en ese momento sí me entienden. Entienden toda mi complejidad. No solo ven a la ambiciosa mujer de negocios que da consejos a los directores generales del mundo; no solo ven a la señorita educada que sabe qué cuchillo utilizar para cada plato en los restaurantes de cinco tenedores de la ciudad. Ahora saben que la misma mujer que puede guiarlos hacia el poder y el éxito, la misma mujer que es capaz de superar todos los retos profesionales, puede desatar un caos delicioso cuando el hombre apropiado la toca de la manera apropiada...

Estupefacta ante esta escandalosa fantasía, doy un respingo para escapar de ella, pero lo que más me perturba es la idea de que el hombre que está en el otro extremo de este despacho pueda ser el hombrc apropiado para mí. Cuando lo miro, me doy cuenta de que sigue observando la mesa. Sus ojos abiertos se mueven agitados como si estuvieran en fase REM. Él también está imaginándose cosas sobre ese escritorio.

No he sido yo la única que ha estado fantaseando. Solo hemos compartido un mero gesto y, al hacerlo, hemos llegado a compartir un espejismo similar. Hace apenas una semana que vi a este hombre por primera vez y ya lo conozco mejor que a Nina, Asha, Dameon o Taci. Sé lo que desea.

Me desea a mí.

Suspira en silencio. Soy la única persona que nota cómo su pecho se eleva ligeramente. Camina por el despacho distraído, sin objetivo aparente. Pero yo sé sus intenciones. Cuando se dirige a la ventana, se cruza justo por delante de mí. En ese preciso instante apenas nos separan unos centímetros. Es una señal ínfima, un gesto insignificante con el que trata de decirme que quiere estar cerca de mí. Lo que me sorprende de veras es que en su rostro veo algo más que deseo: veo frustración, determinación… Y quizá hasta una confusión similar a la mía. Will, que sigue hablando y respondiendo a las preguntas del equipo, dirige la mirada hacia Robert, que mira por la ventana en una actitud pasiva. Las pronunciadas arrugas que cruzan la frente de Will se le marcan aún más. Robert no suele comportarse así. Will nota que Robert está reaccionando ante algún elemento invisible que él no logra identificar.

«Ajá, le has llamado "Robert" en lugar de "señor Dade"». Mi pequeña diabla se regocija ante mi proximidad, cada vez mayor, con el hombre que la ha desatado. Mi ángel niega con la cabeza en silencio y piensa en Dave, el hombre que me compra rosas y rubíes.

—Entonces, ¿su plan ahora es lograr un posicionamiento óptimo antes de salir al gran público? —pregunta Asha mirando al vicepresidente, aunque noto que con el que sintoniza de verdad es con Robert.

—Hacerlo en el momento oportuno es crucial —responde Robert en voz baja. Se gira para dar la espalda a la ventana y sonríe a Asha, pero su sonrisa tiene un toque melancólico—. Tenemos que proyectar fuerza y debemos enterrar las vulnerabilidades en fosas tan profundas que pasen años hasta que alguien sea capaz de encontrarlas. No podemos permitir que los grandes inversores tengan una imagen de nosotros y los pequeños, otra. Esa contradicción provocaría teorías conspirativas sobre tráfico de influencias y prácticas poco éticas. Nuestra imagen de gigante debe ser universal.

—Todas las empresas tienen sus debilidades —dice Asha—. Si dan la impresión de que son demasiado buenos para ser ciertos, los inversores no creerán en ustedes.

—Creerán en nosotros porque quieren que estemos acordes con el mito que ellos mismos han creado —explica Robert—. Nuestro trabajo consiste en ayudarlos a ver lo que quieren ver y en ser quienes ellos quieren que seamos.

Agacho la cabeza y miro cómo resplandece el sólido parqué bajo mis tacones italianos. Sí, conozco a Robert Dade mejor que a todos los que están en este despacho. Lo entiendo porque, al menos hasta cierto punto, me entiendo a mí misma.

# Capítulo 8

Es un hombre interesante —dice Asha de camino al coche.

El resto del equipo tiene sus coches en el aparcamiento de Maned Wolf, pero yo lo dejé en la calle, a unas manzanas del edificio, porque no quería que nadie se diera cuenta de lo temprano que había llegado. Al parecer, Asha aparcó cerca de mí por razones que se me escapan.

—¡Mostró tanto entusiasmo en la primera parte de la visita! —prosigue—. Pero después... algo cambió en ese despacho.

Se levanta un viento que me despeina y siento el frío en el cuello.

—No me he dado cuenta —respondo.

Ya veo mi coche. Busco las llaves.

—Sí que te has dado cuenta —afirma Asha—, y ahora lo niegas, me pregunto por qué.

Me pongo de cara al viento para poder mirarla. No me esperaba tal descaro por su parte y me pregunto si está buscando una confrontación, pero no vuelve a abrir la boca hasta que llegamos a mi coche y, entonces, lo único que añade sin aminorar la marcha es un alegre adiós.

Asha empezó a trabajar en la empresa pocas semanas antes de que yo llegara. Durante todos estos años he admirado en silencio el misterio que la rodea. Hasta ahora no se me había pasado por la cabeza que podría ser peligrosa.

Me meto en el coche, agarro el volante y respiro hondo a la espera de que mis rezagados pensamientos alcancen a mis acciones. Miro mi reflejo en el retrovisor y me toco la peca que esta mañana olvidé tapar con maquillaje. ¿Desde cuándo soy tan poco cuidadosa? ¿Cuándo perdí el rumbo?

Pero la respuesta a esa pregunta es fácil. Lo perdí en el Venetian, en Las Vegas.

Si quiero encontrar mi camino, lo que tengo que hace es volver sobre mis pasos. Encontrar la senda de la que me desvié y redescubrir el placer que produce el serle fiel a un hombre. Si logro deshacer mis pasos mentalmente, conseguiré dejar atrás esta demencia.

Estoy citada con Dave a las ocho para ir a cenar, pero aún quedan más de tres horas.

Cojo el teléfono y llamo a Simone.

* * *

Cuando llego al piso de Simone, acaban de dar las cinco. Me hace pasar. Sobre su sofá beis hay cojines con estampados de leopardo; en las paredes, cuadros de fotografías en blanco y negro de hombres y mujeres bailando; la sensualidad de sus movimientos quedó capturada en la pose de un milisegundo.

—¿Quieres beber algo? —pregunta—. ¿Té? ¿Agua con gas?

—¿Un cóctel, quizá?

Se queda un momento quieta y mira por la ventana al contaminado cielo azul. Sabe que rara vez bebo antes de que anochezca. Es una regla que mi madre me inculcó cuando era joven. «El alcohol es para la luna», decía mientras se servía una copa de vino. «La oscuridad oculta nuestros pequeños pecados, pero el sol no es tan indulgente. La luz exige la inocencia que otorga la sobriedad».

Pero ¿dónde había dejado yo la inocencia cuando bebí agua en la sala de espera del señor Dade mientras me abrochaba los botones de la camisa? ¿Cuántos pecados había cometido ya a la luz del día? Las normas están cambiando y necesito un cóctel para adaptarme a los cambios.

Simone desaparece en la cocina y regresa con dos vasos: uno para ella, uno para mí. El líquido cristalino tiene un aspecto casto, pero sabe a algo mucho mejor. Tomo varios sorbos y me reclino en el sofá. Ella se sienta a mi lado, en el reposabrazos.

—Siempre me cuentas tus secretos —le digo mientras se me clava un cojín de leopardo en la espalda.

—Y tú nunca me cuentas los tuyos —responde con frivolidad.

No es cierto. Una vez le conté a Simone lo de mi hermana. Le hablé del brillo cegador que irradiaba y de la energía arrolladora que poseía, que era igual de potente que de aterradora. Pero Simone no sabía que esas confesiones eran secretos. Para ella un secreto es algo que no sabe nadie, no algo que todo el mundo intenta olvidar.

—Hasta ahora nunca había tenido secretos —digo aplicando su definición de la palabra.

—Hasta ahora —pronuncia las palabras con lentitud, saboreando su significado. Coge un tirabuzón dorado de pelo y lo enrolla en su dedo índice como si fuera un anillo.

—¿Sabes una cosa? Los secretos y los misterios... pesan. A mí me gusta viajar ligera.

—¿Con qué clase de peso estás cargando, Kasie?

Como no respondo, cambia de táctica.

—¿Cuándo empezaste a tener secretos?

—En Las Vegas —susurro.

—¡Lo sabía! —Simone se incorpora y posa su vaso en la mesa de centro dando un golpe victorioso—. Te noté diferente cuando volviste a la habitación.

—Ya te lo dije: tomé una copa con un hombre en un bar de paredes de cristal.

Simone espanta mis palabras con la mano como si fueran moscas molestas.

—Hubo algo más —insiste.

Se pone de pie como si el hecho de situarse por encima de mí me forzara a contar la historia más rápido.

—Cuando te dejé sola en la mesa de blackjack, aún eras esa mujer sin secretos. ¿Y ahora? —pregunta encogiéndose de hombros.

—Ahora soy otra cosa. —Me concentro en mi interior para reunir el coraje necesario para continuar—. Le he traicionado.

—¿A Dave?

—Sí, a Dave. Al único hombre al que puedo traicionar es a Dave.

Simone levanta la pierna izquierda y pasa todo su peso a las puntas del pie derecho. Parece una de las inmóviles bailarinas colgadas en su pared.

—¿Hubo algo más que un beso?

—Sí, hubo algo más.

Una sonrisa se forma con lentitud en sus labios.

—Te acostaste con un desconocido.

Miro hacia otro lado.

—¡Lo hiciste! ¡Por una vez fuiste joven!

—No, fui una irresponsable.

Arquea una de sus rubias cejas.

—¿Cuál es la diferencia?

Hago un tímido gesto de concesión ante su argumento.

—Lo que pasa es que ya no es ningún desconocido.

Y ahora sus dos cejas se elevan hasta una altura insospechada.

—¿Estás teniendo una aventura?

Hago una mueca de desagrado. Qué palabra tan vulgar y tan fea.

Y qué bien encaja con lo que hice la semana pasada.

—Me ha contratado para que lo asesore en su empresa. Incluso cuando no estoy hablando con él..., da vueltas en mi cabeza como una bailarina. —Miro las fotografías de las paredes—. He estado haciendo cosas que jamás pensé que haría. Pienso en cosas en las que jamás creí que pensaría. Ya no sé ni quién soy.

—Es fácil —asegura Simone sentándose a mi lado y tomando mis manos entre las suyas—. Eres una mujer con secretos. —Me examina los ojos, los labios, el cabello...—. Y te sientan muy bien.

Me aparto.

—Es el peinado. Me he dejado el pelo suelto.

—No, son los secretos. Te dan color, le dan brillo a tus ojos. Pareces más... humana.

—¿Antes no parecía humana?

—Siempre has sido hermosa, pero demasiado escultural. ¿Recuerdas las estatuas que vimos cuando viajamos a Florencia con la universidad? Eran fantásticas. Pero por muy imponente que sea, no me imagino haciendo el amor con el David de Miguel Ángel. Demasiado duro, demasiado frío, demasiado... perfecto.

Me río con el vaso apoyado en la boca.

—Nunca he sido perfecta.

—Pero todo el mundo piensa que lo eres. Te has ganado la admiración de la gente... Ahora que esa humanidad interna sale a la luz parece que te ganarás algo... más cálido.

—Hoy me he acostado con él.

—¿En tu casa o en la suya?

—En su despacho. Sobre su mesa. —Me sorprende que la confesión me saque una sonrisa.

—¡Venga ya!

Levanto la mirada y por un fugaz momento disfruto de la envidia que veo en su rostro; en ese instante me permito regocijarme en la satisfacción que me produce mi recién adquirida audacia.

—Hicisteis el amor sobre su mesa —repite—. Parece una fantasía.

Niego con la cabeza.

—Ahí está el tema. Lo hice y después fantaseé con ello. Después.

—Entonces fue mejor que una fantasía —asegura Simone—. Ahora es un recuerdo y puede ser un secreto.

—No —niego con la cabeza—. En mi fantasía... imaginé más cosas.

Trago el ardiente licor que queda en el vaso y le cuento mis fantasías... La escena en la que mi equipo contempla cómo me penetra. Me cuesta sacar las palabras, pero necesito contárselo a alguien cuya mente sea lo suficientemente poco convencional como para ser capaz de explicar las transformaciones de la mía.

—¡Me imaginé haciendo el amor delante de las personas con las que trabajo! —exclamo para concluir—. Es un poco radical, ¿no crees?

Simone se me queda mirando un rato y se tumba sobre el extremo opuesto del sofá. Estira sus largas piernas hacia mí. La postura me recuerda a la de un romano, solo falta que vengan unas bellas esclavas a ofrecerle uvas.

—¿Te acuerdas de cuando salía con Jax?

Asiento con la cabeza. Jax, con su pelo negro ondulado y sus impertinentes ojos marrones, se me aparece en la mente.

—Cuando estaba con él, creé una fantasía...

—Creaste una fantasía... —repito.

El verbo expresa tanta premeditación como si hubiera pasado noches enteras diseñando la estructura de sus futuras ensoñaciones diurnas.

—Todavía a veces me doy el gusto de evocar esa fantasía. Estoy tomando el sol boca abajo en una tumbona de la terraza. Lo único que llevo es la parte de abajo del bikini. No oigo ni que llaman a la puerta ni que sus amigos entran en la casa. —Su voz es cada vez más lenta, más baja. Cambia de textura—. Jax les guía hacia la terraza... Me levanto tratando de ser recatada, me tapo el pecho con un brazo y me acerco a ellos para saludarlos. Los acompaño hasta el salón y todos se sientan. Jax me pide que les lleve a cada uno una cerveza del minibar que tiene en el salón. Me agacho y cojo la cerveza de la pequeña nevera. Intento abrirla sin que se me vea todo, pero de vez en cuando algo se me ve. Sirvo la gélida cerveza en los vasos y se los entrego... prácticamente desnuda.

—¿Y entonces?

—Jax me dice que me siente a su lado. No me deja que vaya a vestirme. Quiere que esté con él justo ahora. Así que lo complazco. Enciende la televisión, va a ver un partido de los Lakers, como siempre...

Sus ojos vidriosos me indican que ya no está conmigo. Está junto a Jax... prácticamente desnuda.

—Me posa la mano en la pierna y me estremezco cuando empieza a moverla arriba y abajo... delante de todos estos hombres.

Se estremece y de pronto me siento cohibida. No debería estar viendo esta escena. Nadie me ha invitado a esta habitación llena de hombres.

—Jax les dice a sus amigos que soy la mujer más orgásmica con la que ha estado en la vida. Les dice que puede lograr que me corra con un solo roce.

Cierro los ojos y giro la cabeza. Ya no veo a Simone. Ya no veo a Jax. Veo a Robert Dade y a sus manos, que se deslizan cada vez más arriba por la parte interior de mi muslo.

—Le da a uno de ellos su móvil y le pide que nos grabe... Anima a los demás a que nos graben con sus móviles, si les apetece; así podrán ver cómo alcanzo el clímax cuando les venga en gana. Estaré en su bolsillo, expuesta a su placer.

Trago aire. Esta no es mi fantasía, pero la entiendo. Siento las cámaras sobre mi cuerpo, siento sus miradas.

—Lo único que mantiene al bikini en su sitio son dos bonitos lazos atados a la altura de las caderas. Deshace los nudos y permite que me miren. Después, mientras me contemplan, mientras me graban, comienza a tocarme con un dedo, primero despacio, después cada vez más rápido... Pierdo el control. Me retuerzo de placer mientras me observan. Permito que explore mis profundidades con los dedos de una mano, mientras con la otra me aparta el brazo de los pechos. Y los hombres siguen observándome y grabándome mientras cada vez me acerco más al límite...

Araña con los dedos la tapicería del sofá. No me hace falta mirarla para saber que se ha perdido por completo en su ensoñación. Pero yo también me he dejado llevar.

—Un hombre se me acerca, lo ve todo; todos lo ven y sé que no me debería gustar, pero me gusta. Sé que lo que está haciendo Jax está mal, que no debería mostrarme como un trofeo, que no debería tocarme delante de toda esta gente; pero saber que está mal lo hace aún más intenso. Y delante de todos esos ojos, delante de las cámaras, me corro... Observan cómo Jax hace que me corra... Me corro en una habitación llena de hombres.

Las dos abrimos los ojos a la vez.

—Eso es una fantasía —dice con suavidad—. Jamás haría algo así. No delante de los amigos de Jax, y menos aún delante de sus cámaras... Pero es lo bueno de las fantasías. No hay reglas, límites, consecuencias ni críticas. Tan solo un placer que nadie puede reprocharte.

Me quedo un rato pensándolo, encantada con la idea de que, mientras lo retengas en la mente, sin hacerlo realidad, nadie puede reprocharte algo tan escandaloso. Pero yo no lo he retenido en la mente.

—Me he acostado más de una vez con Robert Dade. —Salgo a regañadientes de la capa etérea con la que Simone nos ha envuelto para interpretar esta realidad—. Sí habrá consecuencias.

—Sí —admite Simone—. Pero las consecuencias pueden ser buenas, aunque al principio no lo parezcan.

—Estoy prometida a otro hombre.

Su mirada se dirige a mi mano.

—¿Todavía no tienes anillo?

—Ya hemos elegido uno, pero es muy caro. Dave va a intentar que nos rebajen el precio.

La sonrisa de Simone se evapora, el estado de aturdimiento que nos provocaba el placer desaparece.

—¿Cuántos millones tiene Dave en su fondo fiduciario? ¿Cuatro? ¿Y cuánto dinero gana? ¿Ciento veinte mil al año?

—La mitad de lo primero, casi el doble de lo segundo —corrijo, pero de inmediato añado—: Es muy prudente con el dinero. Me gusta eso de él. Nunca comete imprudencias.

Simone estira la espalda para ponerse más derecha; se mueve despacio como una mujer a punto de sacar un tema que puede resultar explosivo.

—¿Alguna vez te ha preguntado: «Quieres casarte conmigo»?

—Eso no tiene nada que ver.

—Puede que no, pero ¿te lo ha preguntado?

No quiero responder a esta pregunta. Hará que Dave parezca una persona fría, tan fría como las estatuas con las que Simone me compara. Pero he acudido a ella para que me dé un consejo sincero, así que me obligo a darle una respuesta sincera.

—Dijo... —comienzo titubeando. El resto de la frase sale a borbotones—. Dijo: «Creo que deberíamos ir a comprar una alianza».

Vuelve a asentir con la cabeza. En sus ojos no hay crítica, solo reflexión.

—¿Tanteó alguna fecha para la boda?

—No hemos llegado tan lejos.

—¿Se lo ha contado a sus padres? ¿Le ha pedido permiso a tu padre?

—Nuestros padres aún no lo saben, pero dan por hecho que algún día nos casaremos.

—No estáis prometidos.

—Simone...

—Ni por asomo —afirma, ahora con más rotundidad—. Quizá lo estéis en el futuro, pero ahora mismo no estáis prometidos. Algo te ha empujado a esta aventura. Puede que sea la atracción que sientes por el Dade este o puede que sea el miedo a comprometerte con el hombre equivocado.

—Dave y yo llevamos seis años juntos. ¿Cómo íbamos a durar tanto tiempo si no estuviéramos hechos el uno para el otro?

—Quizá fuera el hombre adecuado durante estos seis años..., pero ¿será el hombre adecuado durante los próximos sesenta? Tu subconsciente trata de decirte algo y tu cuerpo quiere explorar las opciones. Aún no estás prometida, Kasie. Averigua lo que pasa con el hombre de tus fantasías. Date un tiempo para explorar. De lo contrario... Si te casas con Dave sin siquiera probar las alternativas, podrías acabar divorciándote. O peor: podrías acabar esposada a un matrimonio del que tu subconsciente trató de alejarte.

—Intentas darme excusas para lo inexcusable.

—Si te casas con Dave, si le dices con una sonrisa que es el único hombre que deseas, si le miras a los ojos y le dices que estás segura... Si le dices todas esas mentiras en el altar..., ¿será eso excusable? Si te preocupas por él, ¿no piensas que se merece tener una esposa que esté totalmente convencida de que casarse con él es la decisión acertada?

—Pero ahora le estoy mintiendo.

—Te estás asegurando —continúa Simone entre trago y trago—. Lleváis saliendo seis años, no estáis casados, no estáis prometidos y no estáis viviendo juntos. No hay momento más propicio para explorar..., para asegurarte. Este es el momento. Es tu última oportunidad.

Sé que lo que dice está mal. Está en contra de mi ética. Pero su razonamiento resulta tan atractivo, tan pecaminosamente liberador. Es lo que ocurre con el pecado: cuando te entregas a él, ya no tienes que preocuparte por lo que es correcto y lo que no. Puedes hacer lo que te dé la santísima gana, pero es una rampa resbaladiza de la que en parte me gustaría bajarme.

En parte.

—¿Y si decido que no quiero hacer eso? —pregunto mirando de nuevo a los silenciosos bailarines—. Si decido que tengo que olvidarme de Robert Dade... Simone, ¿cómo se hace eso?

Resopla y se bebe de un trago lo que le queda en el vaso. No queda rastro de la aristócrata romana; se ha transformado en el paradigma de amiga moderna que necesito.

—Llevo tres años sin ver a Jax —comenta—. Pero he conservado las retorcidas y maravillosas fantasías que me inspiró. Las guardo bajo la almohada, en el bolsillo, en el sujetador. Siempre las tengo a mano. Puedes quedarte con el tal Robert Dade o puedes olvidarte de él, pero los recuerdos y las fantasías son tuyos, para siempre. Hay regalos que no se pueden olvidar, ni siquiera cuando lo intentamos.

# Capítulo 9

El Scarpetta tiene mucha luz. Techos altos y colores neutros. Incluso cuando ha caído la noche, parece como si el comedor estuviera iluminado por la suave luz del sol. Es el escenario que necesito en este momento, en el que estoy sentada cara a cara con Dave. Me está hablando del trabajo, de la familia, de rubíes… ¿Me he enterado de que ya no se pueden evadir los impuestos de Estados Unidos ingresando sumas de dinero en cuentas bancarias suizas? ¿Me he enterado de que su madre acaba de adquirir una yegua de un gris exactamente igual al de un cielo encapotado? ¿Me he enterado de que los rubíes son en realidad más caros que los diamantes?

La conversación tiene tan poca chispa como el restaurante. Bromeando, salpica la narración de los detalles de su vida con recordatorios de lo caro que le sale su devoción hacia mí, sin sospechar ni por un solo momento que quizá yo le esté ocultando algún detalle de la mía. Pronuncia cada palabra con la intimidad informal que sucede a la confianza. Y durante un momento llego a olvidar que en mí no se puede confiar en absoluto.

Mientras los entrantes son remplazados por primeros, y los primeros, por postre y capuchinos, me voy dando cuenta de lo agotador que resulta actuar. ¿Cómo lo hacen las famosas? ¿Cómo logran sonreír a los coprotagonistas y decir sus frases con la emoción que se le ha asignando a cada una de ellas sin que se les escapen ni una sola vez indicios de su verdadero yo, de la persona que se esconde tras el personaje, tras la fama, tras la imagen? ¿De dónde sacan la energía para ocultar a esa persona bajo todas esas capas sin perder jamás la elegancia?

Remuevo una línea blanca de azúcar en la espuma del capuchino. Estamos inmersos en uno de nuestros silencios. Antes me encantaba ese momento, el momento en el que puedes estar tranquilamente con la persona que has elegido sin necesidad de intercambiar palabra. Es el testimonio que evidencia lo cómodos que estamos el uno con el otro. Pero ya no puedo estar en silencio. El silencio es la senda que me lleva a los pensamientos más oscuros y estos no tienen cabida en un comedor tan iluminado como el que nos encontramos.

—Dave —susurro su nombre con el temor de quien sabe lo que se arriesga a perder—, en tu empresa no solo hay hombres.

—Claro que no —me confirma.

—¿Hay abogadas... o clientas... que sean guapas?

La pregunta le coge desprevenido. Mete la cucharilla en el *panna cotta* que vamos a compartir, dejando una marca en su hasta entonces impecable superficie.

—No presto atención a esas cosas.

Es una respuesta poco convincente. Para ver la belleza no hace falta que prestes atención, del mismo modo que para respirar no hace falta que pienses en el aire.

—¿Has tenido tentaciones alguna vez? —insisto.

—No.

La palabra sale de su boca con tanta rapidez y potencia que casi parece una agresión. Nadie dice la verdad tan rápido. Lo normal es reflexionar un poco antes de decir la verdad. Lo normal es tratar de encontrar la mejor manera de expresarla y soltarla despacio, con la esperanza de tejer una buena historia. Las mentiras se escapan con más facilidad.

«No». Es una mentira innecesaria. Todos sentimos tentaciones de vez en cuando, ¿a que sí? La única razón para mentir ante esa pregunta es que hayas caído en la tentación. Yo debería saberlo. Siento una punzada en la boca del estómago; silenciosos celos que no tengo derecho a sentir.

—¿Ni una vez? —pregunto, tanteando los posibles accesos al tema para ver por cuál puedo entrar—. Quizá en algún momento te hayas fijado en el pelo de una mujer, que le cae por los hombros, o en la boca de una compañera, que a menudo se lame el labio superior, o quizá alguna vez hayas pensado qué sentirías si tocaras su pelo o probaras...

—Te he dicho que no.

Esta vez la mentira es más firme. Se parece más a un muro que a una bala. Casi puedo sentir la rigidez de su superficie cuando trato de acercarme.

—Yo te perdonaría —aseguro. Mis celos van en aumento, pero me gusta la sensación, me gusta lo que dicen de lo que siento por Dave—. Quiero que seas… Quiero que seamos humanos —prosigo—. Quiero que dejemos de tratarnos como si fuéramos estatuas.

Levanta la mirada del postre y me mira a los ojos por primera vez desde que he desviado la conversación hacia un tema tan delicado.

—No sé de qué estás hablando.

—Hablo de sedas —continúo. Poso la mano en la mesa y la acerco hacia él, pero no se mueve para cogerla—. Hablo de las pequeñas imperfecciones que hacen que cada rubí sea único. Sé que no eres perfecto. Sabes que no soy perfecta. Tengo la esperanza de que podamos dejar de fingir que lo somos.

—Sé que no eres perfecta.

Reconoce mi imperfección sin reconocer la suya con la intención de darme una bofetada, pero sus palabras no me causan dolor. Me afectan de otro modo. Veo en ellas un cumplido involuntario. Y veo la evasión.

—Yo te perdonaría —repito—. Incluso si fue algo más que una tentación. Incluso si fue un error.

—Yo no cometo ese tipo de errores.

Entonces suaviza la expresión y, por fin, estira el brazo para darme un rápido apretón en la mano antes de soltarla de nuevo.

—Quizá haya estado un poco tentado en alguna ocasión. Pero jamás me dejado llevar por esos impulsos. Yo no caigo tan bajo, Kasie. Lo sabes, ¿verdad?

Me ruborizo. Esta vez el insulto no es intencionado, pero siento su superioridad. Él no cae tan bajo..., pero yo sí. Es mejor que yo.

—Te voy a comprar un anillo —prosigue viendo que tardo demasiado en contestar—. Voy a atar mi vida a la tuya. No hay tentación alguna que valga la pena recordar. Te lo prometo.

Recorro con el dedo el borde de la taza de capuchino. Es blanca, como el mantel, como las rosas que me regaló Dave.

—Tengo que contarte una cosa —comienzo.

Y sé que lo voy a hacer. Voy a pronunciar las palabras, voy a exponer mis pecados en este comedor iluminado para que podamos verlos bien.

—Vamos a unir nuestras vidas —repite, pero ahora la frase tiene un tono de súplica—. No tenemos por qué darle vueltas a los momentos imperfectos. De acuerdo, quizá nuestro pasado fuera un rubí. —Miro sus ojos marrones. Veo en ellos un ruego silencioso—. Pero eso es pasado. No hace falta que hablemos de..., ¿cómo se llamaban?, ¿sedas? En nuestro futuro no habrá de eso. Nuestro futuro puede tener la claridad de un diamante perfecto.

El futuro jamás es claro. En el mejor de los casos se parece a la yegua por la que su madre acaba de pagar una fortuna: es del color gris de un cielo encapotado. Pero, como de costumbre, Dave no habla de cómo son las cosas, sino de cómo quiere verlas él.

¿Y acaso no lo hacemos todos? Elegimos una religión, un partido político, una filosofía... y vemos el mundo de modo que encaje dentro de esos compartimentos que hemos elegido. Y cuando nos topamos con manifestaciones obvias que no encajan fácilmente con nuestras creencias, las ignoramos sin más o las vemos de otra manera. Las obligamos a encajar en nuestros compartimentos, aunque para ello tengamos que aplastarlas hasta crear formas totalmente forzadas.

Dave tiene secretos. No sé si le obsesionan o no, lo que sí sé es que no mira hacia ellos, lo que significa que quizá, solo quizá, yo tampoco tenga por qué mirar a los míos.

Sonrío y cojo una cucharadita de *panna cotta*. Noto su suavidad en la lengua y me sabe a pureza.

Empiezo a entender por qué a tanta gente le gusta la sencillez de los diamantes.

# Capítulo 10

Es por la mañana. La visita a la empresa de Robert, las fantasías con Simone, la extraña cena con Dave... Todo eso está ya en mi espejo retrovisor. No es más que una gran maraña de insensatez que pienso dejar atrás. Hoy comienza un nuevo día y me siento más segura. Ayer no estaba preparada para todo lo que se me vino encima... Tampoco estaba preparada para las reacciones que tuve. Hoy estoy dispuesta a todo. Y ahora que sé lo que eso significa exactamente, también estoy un poco excitada. Repaso la agenda en la mente: Asha tiene que redactar un informe para analizar las inversiones recientes de Maned Wolf en el extranjero, Nina y Dameon se centran en las inversiones nacionales, mientras que Taci se encarga de analizar la efectividad de sus últimas campañas de *marketing* y relaciones públicas. A la gente le impresiona Maned Wolf, pero lo que no está claro es si confía en ellos. Basándome en los informes de mi equipo, tengo que hacer un análisis general a partir del cual pueda redactar una lista de recomendaciones sobre lo que tendría que hacer Robert Dade antes de abrir la empresa al gran público, así como establecer unos plazos para llevarlas a cabo. Obviamente, tan solo se trata de recomendaciones. Su valía depende de la confianza que Robert tenga en mí.

A Robert Dade no le impresiono, pero creo que confía en mí.

Pensar en él es un placer. Hace dos semanas no sabía lo que se sentía cuando te empotran contra una pared, cuando te suben a una mesa, cuando te hacen el amor en el suelo del Venetian. Hace dos días no tenía en la mente mi imagen en su despacho, de rodillas…

Hace dos semanas —toda una vida—, no sabía que podías sentirte completamente vulnerable y completamente poderosa al mismo tiempo.

El sentimiento de culpa se despierta para borrar parte del placer que me produce la memoria. Mi ángel y mi diabla han vuelto al campo de batalla. La diabla ha enmarcado mis recuerdos y me los muestra para que los inspeccione, a sabiendas de que lo que me apetece es deleitarme con ellos, rozarme con ellos... Y rozarme también con el hombre que me provocó esas sensaciones.

Pero mi ángel... Mi ángel ha puesto el grito en el cielo. Quiere quemar esas imágenes.

Y pienso: ¿no tendría que ser la diabla la que abogase por la quema de recuerdos?

Los papeles se invierten. ¿Qué se supone que debe hacer una mujer cuando su ángel comienza a usar las técnicas de su diabla?

¿Qué se supone que debe hacer una pecadora cuando lo único que le pide su diabla es que se enfrente a la verdad, tanto de sus actos como de sus sentimientos?

Porque la verdad es que no me arrepiento de nada. Quiero arrepentirme, pero no puedo confesar mis pecados con espíritu de contrición. La absolución está fuera de mi alcance.

La noche anterior Dave mintió cuando dijo que nunca había tenido tentaciones. ¿Estaba ocultando algo más? ¿Me dan esas mentiras libertad para explorar mis posibilidades?

Descarto la idea. «Tan solo haré mi trabajo», afirmo en voz alta. Eso no puede tener nada de malo.

Voy al dormitorio y abro el armario. Me recibe un mar de faldas y pantalones oscuros y blusas de colores claros. Me aburro al momento. ¿Por qué nunca me compro ropa más alegre? ¿Quién dice que tengo que vestirme como una bibliotecaria de colegio privado?

Descarto con impaciencia una prenda tras otra hasta que encuentro el traje que Simone me regaló el año pasado por mi cumpleaños. Me llevó a rastras hasta su boutique favorita, me empujó sin contemplaciones a un probador y después me tiró un par de pantalones grises y una americana. El color me pareció normal, pero el corte era distinto. Los pantalones eran un poco más ajustados de lo que yo solía llevar. Las curvas de las piernas, las caderas…, lo marcaban todo. Y la chaqueta se estrechaba en la cintura para enfatizar la figura. La camisa me había parecido demasiado: ajustada, negra, transparente. Cuando salí del probador para verme mejor en los tres espejos, me di cuenta de lo transparente que era. La americana lograba que no resultara totalmente indecente. Y aun así, mirando mi reflejo, me sentí un poco expuesta. Recuerdo que pensé que parecía poderosa, lujuriosa..., quizá hasta un poco peligrosa. En ese momento, un hombre de veinte años a lo sumo salió del almacén. Noté los esfuerzos que hacía para retirar la mirada de mi cuerpo. Quería seguir contemplándome. Le hubiera gustado examinarme con algo más que los ojos.

Por un momento estuve tentada de quitarme la americana. ¿Habría sido capaz de apartar la mirada si lo hubiera hecho? ¿Cómo me hubiera sentido si un desconocido me hubiera visto así?

Bueno, ahora sé la respuesta a esa pregunta, ¿no?

Nunca me he puesto ese traje. Solo aquella vez en la tienda, y le dije a Simone que nunca me lo pondría. Ella no me hizo caso y le entregó la tarjeta de crédito a la dependienta.

Pero hoy me lo voy a poner.

Encuentro una parte de arriba un poco más apropiada: una camisola negra de seda. El escote es lo suficientemente alto como para evitar que se me acuse de promiscua, pero al mismo tiempo siento la suntuosidad de la tela sobre la piel.

Entonces cojo la camisa transparente, la que no me puedo poner jamás, la doblo dentro de un pañuelo y la meto en el maletín. No sé por qué. Quiero tenerla cerca.

Miro a la mujer del espejo: tiene el pelo suelto y le cae hasta los hombros, es imponente, sensual.

«Quiero conocerte», le digo.

Su respuesta es una sonrisa.

* * *

En la oficina las miradas son solo un poco menos intensas que las que recibí en Las Vegas. Tom Love eleva una ceja cuando me cruzo con él en el vestíbulo y me dedica una sonrisa de aprobación.

—A por ellos —murmulla.

La orden me excita. Hoy tengo la sensación de que me voy a comer el mundo.

Pero cuando llego a mi despacho, lo que me espera no es el mundo, sino un mensaje de la secretaria de Dave que me dice que le llame. Él siempre me llama directamente. Nunca le pide a su secretaria que lo haga por él, a menos que me tenga que decir algo que cree que no me va a gustar.

No me siento. Me quedo de pie delante de la mesa mientras marco el número. Paso de intermediarios: lo llamo directamente al móvil.

—Kasie, tengo una reunión dentro de cinco minutos... —empieza Dave, pero lo interrumpo.

—Pues dime rápido lo que tengas que decirme.

No es mi intención sonar tan borde, pero por una vez no me interesa andarme con paños calientes. Veo la bandera roja ondeando a lo lejos y estoy dispuesta a luchar.

Casi me siento excitada.

—He hablado hoy con la dependienta... La de las mechas plateadas de esa joyería...

—La que nos enseñó el rubí.

—Sí —afirma vacilante—. No están siendo muy flexibles con el precio.

No digo nada. Miro mi desnudo dedo anular. Podemos permitirnos el rubí. Podemos comprar sus atractivas imperfecciones.

—Y estaba pensando... —prosigue—. Estaba pensando en ti... y entonces me acordé de un anillo espectacular que había visto en el escaparate de una tienda de antigüedades que hay al lado del trabajo... Me pasé por ahí esta mañana, justo cuando abrieron. Es perfecto, Kasie. Así que me lancé y pagué una señal para que nos lo reservaran hasta que vengas a verlo. Encaja más con nosotros que el otro anillo.

Mi dedo desnudo se dobla hacia la palma empujando a los demás a hacer lo mismo y a terminar formando un puño.

—Es un diamante…

—Pero a mí no me motivan los diamantes, Dave —lo interrumpo—. Si no podemos comprar el rubí que vimos, seguro que podemos encontrar otro…

—Confía en mí, Kasie, este diamante es diferente. ¿Te he dicho ya que es una antigüedad, verdad? Es clásico y elegante, pero también es original. Es único. Igual que tú.

«Igual que yo». Miro el traje que llevo puesto. ¿Me reconocería Dave hoy? Piensa que soy un arma oculta en un bolso Hermès. Piensa que soy un ramo de rosas blancas.

Piensa que soy un diamante, aunque me haya plantado delante de su cara y le haya dicho sin rodeos que soy un rubí.

—Mira, tengo que irme a la reunión. Te llamo esta noche, ¿vale? Quedaremos mañana después del trabajo y te enseñaré el anillo. En realidad no quieres un rubí como alianza. Confía en mí, acabarás arrepintiéndote.

Cuelgo el teléfono sin pronunciar palabra.

No me conoce.

Aunque, claro, esta mañana... Esa mujer del espejo, la sensual mandamás, la desconocida que se acuesta con desconocidos, la mujer que me asusta y me intriga... ¿Cómo iba Dave a conocerla, si ni siquiera la conozco yo?

Me acaricio la solapa con los dedos. No es un tejido suave, pero tampoco es desagradable al tacto. Es grueso y un poco rígido, lo que se esperaría de una chaqueta de hombre, pero tiene un corte totalmente femenino. Me recuerda un curso de filosofía que hice en la carrera. El profesor nos explicó la naturaleza verdadera del yin-yang. El yin y el yang no son dualidades, sino opuestos complementarios: lo femenino y lo masculino, lo pasivo y lo activo, lo oculto y lo manifiesto, la Luna y el Sol. Y todo ello debe estar unido dentro de un todo más grande para formar parte de un sistema fascinante y vigorizante.

Me entra la risa ante la idea de que mi traje pueda formar parte de algo fascinante y vigorizante.

Pero dejo de reírme cuando pienso en mí misma en esos términos. Además, esos antiguos filósofos taoístas no consideraban que lo oscuro fuera malo y lo claro, bueno. No tenía nada que ver con la moralidad. Tan solo lo consideraban dos partes esenciales de un todo completo.

Me pregunto cómo se sentirá uno siendo completo del todo. ¿Es eso lo que me está ocurriendo?

Porque no me siento tan culpable como debería. Me siento mucho más fuerte de lo que jamás me había sentido.

Pues por mí estupendo.

* * *

Llamo a mi equipo al despacho para que me informen de las novedades, y así poder decirles por dónde continuar y qué datos pueden omitir. Toman notas, aceptan mis palabras y mis instrucciones sin rechistar. La única que duda es Asha: sus cálculos le impiden absorber los míos con la misma rapidez. Al menos así lo percibo yo. Me examina con demasiada intensidad. Tengo la impresión de que sus comentarios en realidad dan vueltas alrededor de lo que sea que está pensando. No me cabe duda: es una amenaza. Ahora estoy convencida.

Pero la que de verdad corre peligro es ella. No sabe quién soy. Soy sensual, imponente. He hecho el amor con un desconocido.

Siento cómo surge mi personalidad de diabla y me apresuro a ocultarla, porque no quiero que aparezca. Esta no es la imagen que me propuse anoche, cuando me despedí de Dave poniendo el agotamiento por excusa.

Y hoy no he hablado con Robert. No hemos pasado de enviarnos un e-mail y, a pesar de eso, está conmigo, guiándome hacia nuevas direcciones, ofreciéndomc un trampolín hacia nuevas tentaciones.

Hoy no he hablado con Robert Dade, pero no importa.

Mi diabla está ganando.

## Capítulo 11

Me quedo trabajando hasta tarde; no es raro en mí. Solo quedo yo en la oficina. Hasta Tom Love se fue hace más de una hora. Pero aún tengo mucha energía. Será culpa del traje... o del sexo. Me río por dentro. Sí, probablemente tenga más que ver con el sexo que con el traje.

Tengo la mesa y las manos cubiertas de estadísticas, datos y números. Son las piezas con las que voy a construir los sueños profesionales de Robert.

Y si tengo éxito, ¿qué ocurrirá? ¿Qué sucederá si logro abrir una senda que lleve a Maned Wolf a dominar todo el mercado? ¿Y si envuelvo en papel de regalo ese mapa del tesoro y lo dejo a los pies de Robert? ¿Lo impresionaré? ¿Me subirá a un pedestal?

Pero eso no es lo que quiero. Me gusta cómo me ve Robert. Su afecto tiene algo de realismo crudo. La atracción que sentimos el uno por el otro es casi brutal… Y hacemos el amor sin ningún tipo de angustia o aflicción.

Lo que quiero de él es que me dé las gracias, con los ojos, con la boca, con la lengua. Quiero que se arrodille ante mí no para venerarme, sino para ponerse a mi servicio.

En eso estoy pensando cuando suena el teléfono.

Es él. Como de costumbre, resulta… de lo más oportuno.

—¿Dónde estás? —pregunta.

—En la oficina, jugando con números… para usted.

—Ah, dudo que tus acciones sean completamente altruistas.

La deficiente cobertura hace que su voz suene ronca. Tiene tanta textura que siento que debería ser capaz de verla.

—No —admito—. Lo cierto es que disfruto haciéndolo.

—No logro imaginar nada más espectacular que a ti disfrutando.

—Tranquilícese, señor Dade, ¿o intenta insinuarme algo?

Hay una pausa. Sé lo que está pensando. No esperaba que estuviera tan juguetona. Le dije que no dejaría que me volviera a tocar.

Pero soy un rubí, no un diamante. Ya no tengo claro lo que quiero, soy muy consciente de ello… Y el haber aceptado esa incertidumbre sabe a triunfo.

Y cuando triunfo, me entran ganas de jugar.

—Ya has trabajado suficiente por hoy.

No es una pregunta.

—¿Ah, sí?

—Nos vemos en la entrada.

La llamada se corta.

Sin dudarlo un segundo, apilo los papeles llenos de números en un montoncito. No está todo lo organizado que debería, pero un poco de descuido resulta apropiado.

Me quito la americana y abro el maletín. Dentro está la camisa transparente.

Me quito la camisola y el sujetador, antes de ponerme la camisa.

Mientras vuelvo a ponerme la americana, me ensordece el latido de mi corazón. Esta vez no finjo. Sé perfectamente lo que voy a hacer. No sé si será la última vez o no. No me importa. Mi cuerpo tiene ganas de explorar y esta vez no siento la necesidad de ocultarlo.

Bajo a la calle y tan solo pasan unos minutos antes de que Robert Dade llegue en un Alfa Romeo 8C Spider plateado. Sus líneas puras y su elegante potencia encajan a la perfección con mi estado de ánimo. No dice nada mientras sale del coche y me abre la puerta. Al sentarme en el asiento del copiloto, le oigo comentar justo antes de cerrar la puerta: «Me gusta tu traje».

Hacía siglos que no iba en un deportivo y jamás me había montado en uno así. El asiento me abraza como un amante y, al mismo tiempo, me mantiene bien derecha, preparada para reaccionar ante cualquier aventura que el vehículo pueda ofrecerme. Todo es de color plateado o negro; esta hermosa bestia no necesita colores chillones para ser el centro de atención.

Robert Dade se sienta en el asiento de al lado.

—¿A dónde vamos? —pregunto.

Robert se gira hacia mí; tiene la llave en el contacto y una mano en el volante de cuero. El motor ruge.

—A mi casa.

Respondo con una sonrisa y dirijo la mirada a la carretera mientras nos alejamos de la acera con un bramido.

Nunca le he preguntado a Robert dónde vive. Daba por hecho que en Hollywood Hills, en Santa Mónica o quizá en alguna mansión de Beverly Hills. Pero vive en West Hollywood, en una colina que se eleva sobre el ajetreo de Sunset Bulevard, en una callecita sinuosa que solo entrarías si conocieras a alguien que viviese ahí. Las casas son impresionantes, pero tampoco me quitan el hipo. En cualquier caso, hay que tener en cuenta lo difícil que es opinar cuando la oscuridad oculta los elementos decorativos más sutiles. Además, lo cierto es que ninguna casa lograría captar mi atención ni aunque tuviera cinco pisos y toldos chapados en oro. Ese honor le corresponde exclusivamente al hombre que tengo a mi lado. Lleva todo el camino conduciendo en modo *sport;* cada cierto tiempo presiona levemente la caja de cambios del volante para controlar más la conducción. Noto que sus pensamientos corren más rápido que el coche. Quiere que esté aquí, pero no se fía. Lo sé porque no gira la cara hacia mí, como si una mirada pudiera bastar para que huyera asustada. Lo sé porque se aferra al silencio, como si una palabra desacertada pudiera bastar para recordarme mis declaraciones anteriores.

Pero no cambio de opinión, y cuando abre la verja automática apretando un botón, extiendo el brazo, poso la mano en su muslo y la deslizo hacia arriba para informarle de mis intenciones, de mis deseos y de mi determinación de seguir adelante.

Exhala aire con los dientes apretados como si fuera lo único que puede hacer para contenerse y no cogerme, levantarme del asiento y hacérmelo aquí mismo, en la calle, sin molestarnos siquiera en refugiarnos en la intimidad que ofrece la entrada al garaje.

Pero contiene su potencia igual que el coche, que nos introduce con delicadeza a la entrada y de ahí al garaje, que espera nuestra llegada con las puertas abiertas.

No hay más coches, pero hay una moto. No es chic ni solemne como el Spider. No tiene accesorios cromados ni detalles llamativos. El asiento ha visto días mejores. Las estrechas llantas negras están salpicadas de barro.

Me encanta. Me encanta que este hombre tenga un coche tan elegante y una moto que lo único que emana es una masculinidad ruda y enérgica. Vuelvo a mirarle las manos a Robert: son bonitas, callosas y fuertes, pero a veces también son increíblemente delicadas.

Yin-yang. Cuando me coge el rostro con las manos para que no me mueva, cuando nuestros ojos se encuentran y cuando mi propia mano provoca otra reacción primitiva y poderosa, siento que somos uno.

—No suelo invitar gente a casa —dice—. No recibo huéspedes. Pero desde que estuvimos en Las Vegas he tenido ganas de traerte.

—¿Por qué? —pregunto—. He estado en tu suite, en tu despacho, en la pantalla de tu ordenador..., ¿para qué quieres que venga aquí?

—Porque... —Se detiene para buscar una respuesta—. Yo he estado entre tus paredes —añade despacio—, y esta es la única manera que se me ocurre de que tú estés entre las mías.

Como no sé qué responder, espero a recibir el beso que sé que está a punto de darme. Empieza con suavidad, pero no tarda en volverse exigente, a medida que su lengua se desliza contra la mía. Me sujeta la cabeza, mientras yo aplasto mi pecho contra el suyo, intentando acercarme lo más posible a él. Mi mano juguetea con él. No tengo paciencia. Lo deseo, deseo cada centímetro de su cuerpo y lo deseo ahora. Está totalmente empalmado y me pregunto si alguien habrá hecho alguna vez el amor en un Spider.

Pero Robert se retira. Me aparta la mano respirando hondo para tranquilizarse y recuperar el control de su cuerpo.

Bueno, en parte. Su cuerpo, como el mío, se muere de ganas de explorar.

Sale del coche y espero a que venga a abrirme la puerta. Volvemos a sumirnos en el silencio mientras salimos a la entrada. La casa no parece gran cosa. Tan solo veo una pared y una puerta que parece llevar... ¿a un jardincito privado? ¿A nada?

Pero cuando la abre, el mundo entero me saluda. Toda la ciudad se encuentra tras esta pared. Se ven hasta las playas de Santa Mónica. Estamos en la cima de una colina y parece como si estuviéramos a miles de kilómetros de las luces que decoran la inmensa ciudad a nuestros pies. Obviamente, no estamos tan lejos; estamos a tan solo dos minutos en coche de Sunset Boulevard, donde los puestos de perritos calientes abastecen a unas pocas discotecas ubicadas estratégicamente.

Sus dedos suben y bajan por mi nuca, lo que me provoca oleadas de calor por todo el sistema nervioso. La casa que acompaña a este jardín se encuentra a mi derecha. Está construida en la ladera de la colina, de ahí que sea prácticamente invisible desde la calle. La sujetan vigas de frágil apariencia que tienen la fuerza de dioses griegos.

Sigo sus pasos y cruzamos la puerta principal. Algunas paredes de la casa son de cristal y me imagino cómo debe ser a la luz del día: los rayos del sol iluminando la oscura madera. Pero por ahora la única luz que tenemos es la de la ciudad. Encuentra un interruptor y regula la intensidad de la luz hasta que tengo la suficiente iluminación para ver un poco mejor el diseño de la estancia. El lugar no está precisamente inmaculado, pero parece acogedor. En las paredes cuelgan descaradas obras de arte abstracto.

Una pintura me llama en particular la atención. No tengo claro si se trata de dos amantes o siquiera si las figuras son humanas del todo, pero muestra la esencia de la pasión desenfrenada. Dos seres que se aferran el uno al otro mientras un torbellino de color y confusión parece tratar de separarlos. Pero son más fuertes que la anarquía; su deseo es más vibrante que los colores.

Robert se me acerca por la espalda y se apoya en mí. Siento su fuerza. Siento su deseo presionándome la espalda.

Contemplo la pintura mientras me desabrocha la americana. La fuerza del cuadro reside en las dos figuras que se abrazan. Eso es lo que importa.

Lo demás no significa nada.

Mi chaqueta cae al suelo.

Me da la vuelta despacio y me abraza. Mis duros pezones se marcan bajo el tejido ajustado y transparente de la camisa. Recorre el contorno de mis pechos.

—Eres espléndida —me dice.

Me quito los tacones. He de estirar el cuello para mirarle a los ojos, pero no me importa. Agarro el botón de mis pantalones y sin esfuerzo alguno me los quito. Lo único que me queda puesto del traje es la desvergonzada camisa transparente.

—Mírame —susurro.

Da un paso hacia atrás. Sus ojos viajan sin prisa por mis piernas, mis braguitas, mis pechos expuestos, mi cuello y mis labios, hasta encontrarse con mis ojos, para bajar de nuevo haciendo el viaje de vuelta.

—¿Ves quién soy? —pregunto—. ¿O solo ves lo que deseas?

Aprecio un destello de comprensión en sus ojos cuando eleva de nuevo la mirada hasta encontrarse con la mía.

—Veo a una mujer que puede ser muy autoritaria y veo a una mujer que está expuesta. Veo que eres igual de fuerte que de tierna. Eres brillante y también un poco inocente.

—¿Qué más?

—Veo... Veo que tienes agallas para enfrentarte a tus miedos. Ahora estás un poco asustada, ¿verdad?

Respondo asistiendo muy levemente con la cabeza.

—¿De qué tienes miedo, Kasie?

Sigo temblando hasta mientras sonrío.

—Dímelo tú.

—De acuerdo. —Da un paso al frente y vuelve a acariciarme el cuerpo con la mirada—. Tienes miedo de la parte de ti misma que has empezado a desatar.

—En parte.

—Tienes miedo de lo mucho que me deseas. Quizá tienes miedo porque ahora mismo podría hacer contigo lo que quisiera y tú no abrirías la boca ni una vez para rechistar porque sabes que las cosas que quiero hacer contigo son las cosas que quieres que ocurran.

Trago saliva. Pero no dejo de mirarlo. Da otro paso al frente y recorre con la mano la parte interior de mi muslo hasta que llega a las braguitas; solo una tela finísima separa sus dedos de mi clítoris. Ya me conozco este baile, pero, aun así, jadeo cuando sus dedos comienzan a moverse.

—Veo quién eres, Kasie —afirma—. Y eso es lo único que quiero ver.

Me tiemblan las piernas y, movida por la necesidad y la pasión, le agarro de la camisa para aferrarme a él.

—Llévame a tu dormitorio —susurro mientras los escalofríos me recorren el cuerpo entero—. Quiero hacerte el amor en tu cama de color fuego.

Sin pensárselo un instante, retira la mano y me coge en brazos. Me baja como a una princesa por un discreto tramo de escalones que lleva a una habitación gigantesca; probablemente, igual de grande que el salón del piso de arriba. Veo la mesa con el ordenador. Y la carísima silla.

En el centro está la cama, que siento a mis espaldas cuando me tumba sobre ella. Siento su roce en la piel mientras él me quita las braguitas. Pero cuando se quita la camisa, los vaqueros y lo demás..., bueno, entonces ya solo lo siento a él... La presión de sus músculos sobre mi cuerpo. Sus labios devorándome el cuello. Me quito la camisa transparente. Cada centímetro de mi piel debe estar en contacto con su cuerpo. El fuego no proviene de la cama, sino de mi interior. Toco su erección y soy consciente del poder que tengo al notar cómo se estremece en mi mano. Ahora cada pliegue me resulta familiar. Sé cómo tocársela para hacerlo enloquecer y juego con él, disfrutando de cada una de sus inhalaciones, que parecen notas *staccato.* No protesto cuando se retira y me posa la boca en las entrañas. Tiemblo mientras su lengua se introduce en lo más profundo de mí, me hace cosquillas y logra que me humedezca más de lo que he estado nunca. Soy incapaz de permanecer en silencio. Gimo y grito aferrada al edredón colocado bajo mi espalda, que se arquea como si tratara de huir, como si le asustara la intensidad que este hombre me hace sentir. Pero él me sujeta las caderas con fuerza, negándose a que me aleje. Estira con el pulgar la piel que rodea mi clítoris para lamer y probar hasta los rincones más ocultos, forzándome a experimentar lo que temo y lo que deseo.

El orgasmo es tan brutal que tengo la sensación de que me voy a partir en dos. Pierdo el control. Ni siquiera tengo la capacidad de desear recuperar el control que he perdido. No reconozco los sonidos guturales que me salen de la boca y pierdo toda capacidad de resistencia. Se incorpora, manteniendo su piel a centímetros de la mía, y se deleita contemplando mi cuerpo desnudo y tembloroso antes de besarme; su sabor se mezcla con el mío. Noto su erección presionando mi centro, pero no me penetra. Su juego desboca mi deseo. Trato por todos los medios de bajar mi cuerpo, de forzarlo a que me penetre, pero me agarra de los brazos para que no me pueda mover. Tengo que esperar; y el anhelo, la lujuria, la impaciencia... llevan la intensidad a niveles que ni siquiera sabía que se podían alcanzar.

—Por favor —le ruego, arqueando la espalda en un intento por rozar mis tetas con su pecho—. Por favor.

—Eres la única mujer que conozco que es igual de sexi cuando coge lo que quiere sin disculparse por ello que cuando suplica para que le den lo que desea.

Soy incapaz de entablar una conversación en este momento. Ni siquiera puedo responder ante un halago tan peculiar. Lo único que puedo hacer es escuchar a mi cuerpo. Las llamas me consumen.

—Por favor —repito—. Te necesito.

Ahora el que gime es él. Me penetra de inmediato. Grito, incapaz de otra cosa que de experimentar lo que me ofrece. Cada embestida me produce sensaciones nuevas. Cuando me suelta los brazos, le recorro con las manos la espalda, el cuello y el cabello, antes de bajar hasta el trasero. Lo poseo entero, pero quiero más.

Puede hacer conmigo lo que quiera porque lo que quiere hacer es lo que yo quiero que haga.

Mientras se introduce cada vez más dentro de mí, alcanzo otro orgasmo. Y esta vez se corre conmigo. Nuestros gritos se unen en un coro primitivo.

Al relajarse, cae todo su peso sobre mí y me acuerdo del yin y del yang.

Y en ese momento me siento completa.

# Capítulo 12

Pasan diez, quince, quizá veinte minutos. ¿O han sido años? Es difícil saberlo. He perdido el sentido del tiempo y del espacio. La realidad se ha quedado en algún rincón de mi despacho. Este momento —tumbada en la cama de Robert— no forma parte del continuo espaciotiempo. Él está a mi lado, con los párpados entornados mirando a la nada. Nuestra respiración no se había normalizado hasta ahora. Tiene una apariencia sosegada, casi pacífica; nada que ver con el hombre que me agarraba con fuerza mientras me penetraba, dominado por un deseo tan fiero y desenfrenado como el mío. No, el hombre que yace a mi lado es tranquilo, tierno, puede que hasta vulnerable.

Dejo que mi mano le recorra tímidamente el pecho. Es un gesto discreto que refleja otro tipo de intimidad.

Esboza una sonrisa perezosa sin dejar de mirar el lejano techo.

—La verdad es que ahora mismo me fumaría un cigarrillo.

Su comentario me coge de improviso.

—¿Fumas?

—Fumaba hace mucho. Llevo siglos sin pensar en ello, pero... un cigarrillo después de hacerlo relaja, te ayuda a bajar a la Tierra y, después de lo que acaba de pasar no sé si seré capaz de encontrar el camino de vuelta a la Tierra sin un poco de orientación.

—Odio el tabaco. Odio el olor que se impregna en el pelo y en la ropa de la gente durante días. Mi primer novio era fumador. Jamás volveré a estar con un hombre que fume.

—¡Caray! Vale, vale —dice mientras asoma a sus ojos el brillo travieso de otras ocasiones—. ¿Y qué opinas de los puros?

Cojo la almohada y le doy con ella en la cabeza. Se echa a reír y trata de esquivarme, pero me subo a horcajadas sobre él y le golpeo una y otra vez mientras él pide clemencia entre risas. Finalmente, suelto la almohada y le sonrío burlona. Tiene el pelo alborotado y parece muy joven a pesar de las canas... Casi parece inocente.

Él también me observa. Me examina.

—Ahora estás totalmente libre. Estás preciosa cuando te sientes libre.

Siento una punzada. No estoy libre. Todavía no. Aún no he cortado oficialmente con Dave.

Pero ahora no quiero pensar en eso. Quiero pensar en el hombre despeinado de sonrisa fácil sobre el que estoy sentada. Me inclino y le beso en los labios.

—¿Ves? Si fumaras, no estaría haciendo esto.

—Es la mejor campaña antitabaco que he oído en la vida —responde.

—Sí, bueno, la Sociedad Americana contra el Cáncer utiliza la táctica del miedo y el sentimiento de culpa. Yo no. —Me agacho de nuevo para besarlo; esta vez el beso es más prolongado y un poco más íntimo—. Yo creo en el refuerzo positivo.

Las manos de Robert se posan en mi cintura mientras continúo besándole: la boca, la barbilla, el cuello. Aunque aún tenemos la piel impregnada de sudor a causa del sexo, siento cómo se endurece contra mi cuerpo, a medida que la senda que dibujan mis besos avanza implacable hacia el sur.

Lo que siento... me resulta desconocido: me siento despreocupada, juguetona, ligera. Me siento ligera.

¡Madre mía! ¿Alguna vez me había sentido ligera?

Alcanzo sus caderas con la boca y me toca el pelo. Sus manos me transmiten la intensidad de la expectación que siente.

Ha dicho que ve quién soy. Ha dicho que es lo único que quiere ver.

Cruzo de un lengüetazo la cima de su erección. Su respiración ha dejado de ser regular.

Sí, Robert Dade me hace sentir poderosa, vulnerable, ligera... y, en ocasiones, me asusta un poco.

Pero ahora no estoy asustada.

Mi lengua viaja hasta la base y luego empieza a subir despacito, recorriendo cada pliegue. Está empalmadísimo. Al contemplarlo, me sorprende haber sido capaz de tener todo eso dentro de mí sin sentir la más mínima molestia.

Pero es que, cuando estoy con Robert, jamás siento dolor. Ni siquiera cuando me agarra con fuerza, cuando me tira del pelo o cuando me empotra contra la pared, ni siquiera cuando me dice cosas para las que no estoy preparada me duele de verdad.

Me meto la polla más dentro de la boca, mientras sujeto con una mano la base y con la otra acaricio la suave piel que está detrás. Gime mientras me muevo arriba y abajo, catándolo, conociéndolo mejor.

Nada de esto me parece malo. No hay aflicción ni conflicto. El placer no deja lugar al arrepentimiento.

Me encanta su sabor. Me encanta lo que soy capaz de hacerle. Noto en la lengua sus palpitaciones. Se inclina hacia delante y me levanta, pero no le permito que me tumbe de espaldas.

—De eso nada, señor Dade, ahora es mi turno. Yo dicto las normas.

—¿Ah, sí? —musita con una sonrisa de agradecimiento y afecto.

—Mmm, sí. Entonces, ¿le gustaría volver a acostarse conmigo?

—Ya te digo.

—¿En serio? Es curioso, porque no he oído las palabras mágicas.

Sus labios dibujan ahora una sonrisa de oreja a oreja, mientras su pecho palpita de deseo.

—Por favor.

—¿Por favor? —repito. Estoy sentada a horcajadas sobre él presionando con las manos su duro pecho y mostrando mi desnudez sin censura que valga—. Estaba pensado en «abracadabra», pero supongo que «por favor» es suficiente.

Mientras se ríe, me deslizo hacia abajo por su cuerpo.

Entonces la risa cesa..., pero no las sonrisas. Las sonrisas se mantienen en nuestros rostros mientras lo monto —primero despacio, después más rápido—, mientras me sujeta de la cintura y dejo caer la cabeza hacia atrás, mientras sus ojos recorren mi cuerpo hasta que la pasión es tan intensa que en nuestras bocas se borran las sonrisas.

Pero la sonrisa dibujada en mi interior jamás se desvanece.

Y no me cabe duda de que su sonrisa interna es tan amplia como la mía.

* * *

Quiere que me quede a pasar la noche, pero no estoy preparada. Hay demasiados asuntos pendientes. Durante años la idea de formar parte de una relación me ha entusiasmado. Me gustaban las normas, apreciaba los límites. Pero ahora me tientan deseos de libertad. Sé que tengo que cortar con Dave, pero no estoy lista para ser nada oficial de Robert Dade. Quiero que el comienzo de esta relación sea paulatino, como cuando te metes a una piscina de agua fría. Primero te mojas los pies, después te metes hasta la cintura y, cuando la temperatura deja de impresionarte, te zambulles.

Me estoy metiendo al agua, pero aún no estoy preparada para sumergirme.

Me visto mientras me observa. Aunque lo que le apetece de verdad es arrastrarme hacia él, se pone unos vaqueros y una camiseta a regañadientes. Aparto la mirada de él lo suficiente como para analizar otros pocos detalles del dormitorio. Ahí está la cara silla en la que estuvo sentado mientras contemplaba cómo me quitaba el albornoz a kilómetros de aquí.

Mis ojos se alejan de la silla para dirigirse a los ventanales que ocupan la pared entera. La ciudad de Los Ángeles es mucho más bonita de noche. Es como si las estrellas que jamás se ven en el cielo se hubieran caído al suelo y adoquinaran las calles con su brillo. Miro a Robert de reojo:

—¿Siempre has vivido así?

—¿Así cómo?

—Eh... ¿Rodeado de lujos? ¿En una opulencia hedonística? ¿Siempre has tenido coches cuyo valor supera el PIB de muchos países del Tercer Mundo?

Se ríe y niega con la cabeza. Mis ojos siguen recorriendo el cuarto y ahora les llama la atención la foto enmarcada de una pareja. La moldura no pega mucho con la casa. Es de una madera barata de estilo rústico. Lo cojo y veo a una mujer que podría ser latina... Mexicana, argentina, quizá brasileña... No estoy segura. Es evidente que en el pasado fue muy hermosa. Tiene una melena oscura y unos rasgos marcados que los cirujanos plásticos sueñan con recrear. Pero hasta en esta foto vieja, que seguramente tendrá más de veinte años, se le ven las ojeras. Está encorvada y en la imagen también se aprecia que el hombre situado a su lado, con la piel blanca como un helado de vainilla, la ayuda a mantenerse de pie. Aunque él también está cansado. Fíjate en los pliegues que forma su piel al mirar a la cámara. Fíjate en su sonrisa apesadumbrada, como si el esfuerzo que le supone decir «patata» le resultara excesivo.

—Mis padres —explica Robert acercándoseme por la espalda.

—Parecen quererse mucho —digo dejando el marco en su sitio.

—Así era.

Me percato del cambio en el tiempo verbal y entiendo lo que significa.

—Lo siento.

—No pasa nada. —Suspira apoyándose en una cómoda—. Fue hace mucho tiempo.

—¿Puedo preguntar de qué murieron?

—Ah, de varias cosas. —Ahora su voz parece tan cansada como la sonrisa de su padre—. Pero las causas fundamentales fueron confiar en quien no debían y que eso los decepcionara. La decepción, en exceso, mata.

Al no saber cómo continuar con esta conversación, espero a ver si quiere decir algo más. Como no lo hace, asiento con la cabeza y le doy la espalda a la foto para buscar mis zapatos: uno está junto a una esquina de la cama; el otro, en el extremo opuesto de la habitación.

—¿Y tú? —pregunta mientras me ato las tiras en el tobillo—. ¿Tus padres aún andan por aquí?

—Vivitos y coleando —respondo mientras examino el dormitorio entero en busca de mi bolso.

—¿Tienes hermanos?

Hago como si no le oyera.

—No encuentro mi bolso. Lo traje al cuarto, ¿verdad?

Me examina un instante. Sabe que estoy ignorando la pregunta a propósito, pero presiente que no es un buen momento para insistir. Después de todo, por hoy ya me he arriesgado bastante. Me he alejado tanto de mi zona de confort que es como si estuviera en Mozambique.

Y no tenía intención de acabar en Mozambique. No conozco el idioma ni las leyes, y ni siquiera sé qué moneda usan…, pero, Dios mío, qué bonito es.

## Capítulo 13

El siguiente día pasa volando. Los segundos, los minutos y las horas se apilan unos sobre otros y ruedan por delante de mis narices sin que apenas me dé cuenta. Mi equipo me entrega sus conclusiones, resúmenes de informes, ideas, preocupaciones y observaciones para que lo enlace todo en una presentación coherente y atractiva. No es tarea fácil y, en otras circunstancias, es posible que me hubiera estresado. Pero no me estresa. Nada me afecta. La vorágine que me rodea no es más que un zumbido. Es la confusión del cuadro de Robert y yo soy el amante fuerte al que no se le puede hacer perder el equilibrio. Estudio los márgenes de ganancia de las operaciones de Maned Wolf en Europa y noto sus besos acariciándome la nuca. Estudio las proyecciones del departamento de ciberseguridad y siento cómo me coge la mano y la presiona contra el colchón sobre el que estamos tumbados. Leo las ideas para productos nuevos y huelo su piel, siento su aliento, noto su presencia.

Estoy obsesionada.

Cuando Barbara me avisa de la llamada de Dave, me planteo negarme a contestar. Se me ocurren cientos de excusas: estoy en una reunión, he salido a comer, estoy hablando por la otra línea... o quizá, simple y llanamente, que no quiero enfrentarme al dolor que estoy a punto de infligir.

—Hola, ¿cómo estás? —Su voz suena a disculpa y preocupación.

Tres palabras con buenas intenciones; eso basta para abrir la puertecilla de mi corazón y dejar entrar al sentimiento de culpa.

—Ahora mismo estoy bastante ocupada —digo sin mostrar gran interés. Igual hay algún modo de conseguir que rompa conmigo.

—Perdona, no quería interrumpirte, pero es que sé que estás disgustada conmigo... y me gustaría que lo habláramos. ¿Esta noche? ¿En Ma Poulette?

—Creo que voy a tener que quedarme hasta tarde.

Ojalá pudiera convencerle de que no valgo la pena. ¿Cómo consigues que un hombre te deje después de seis años de relación?

Mi cobardía no tiene límite.

—Por favor, Kasie... Es que... De verdad que necesito verte esta noche. ¿Sabes qué restaurante te digo, verdad? ¿Ese nuevo que han abierto en Santa Mónica? ¿Te paso a buscar a las siete y media?

Cada frase es una pregunta. Trata de asfaltar la carretera que tenemos por delante.

Titubeo mientras mis pensamientos se retuercen y crean formas que ni siquiera yo soy capaz de interpretar. Yo ya no estoy en la carretera que Dave está asfaltando. El suelo que piso es de gravilla suelta. Tiene un aspecto provisional. Y si me caigo al avanzar por él, no sé si habrá alguien cerca que me ayude a volver al camino. Pero esta es la opción que he elegido. Estoy bastante convencida de que es la elección acertada para mí, pero si yo misma no logro adivinar el porqué, ¿cómo voy a explicárselo a Dave?

¿Y de verdad es necesario que lo haga?

Mi cobardía ha superado el nivel que mi euforia había alcanzado. Lo único que tengo claro es que le debo algo a este hombre. Como mínimo, una cena.

—Te veo a las siete y media —respondo.

Quizá para esa hora haya recuperado el coraje…

Dios mío, eso espero.

* * *

El día pierde el cariz surrealista que había tenido hasta entonces. De pronto estoy a tope: acelerada, inquieta y más impaciente que el segundero del reloj, corriendo a toda prisa de un lado a otro. Tras una maratón de reuniones, Barbara me comenta que Simone me ha llamado y que dijo que era importante. Pero cuando Simone me llama por una cuestión «importante», suele ser que han empezado las rebajas en alguna tienda de moda. Además, no tengo tiempo para llamarla. Voy a casa a toda prisa y me preparo para romperle el corazón a un hombre.

Cuando abro la puerta de mi casa a las 7.25, llevo puesto un vestido blanco que me llega hasta las rodillas, sin mangas, pero con poco escote. Le iría que ni pintado a la mujer de cualquier político. Me he vuelto a recoger el pelo y los lóbulos de mis orejas están decorados con perlas engarzadas en oro.

—Estás perfecta —dice Dave ofreciéndome el brazo.

Ah, otra vez esa palabra. Empiezo a aborrecerla.

Pero me guardo mis sentimientos mientras me abre la puerta del Mercedes. Es un coche agradable que representa justo lo que Dave quiere que represente: riqueza modesta y vida acomodada. Pienso en el subidón de adrenalina que sentí mientras el Alfa Romeo de Robert rugía bajo mi asiento; recuerdo lo emocionante que fue cruzar a toda velocidad la oscura noche de Los Ángeles.

¿Duran esas emociones? ¿Me gustaría que durasen?

Pero esas no son las preguntas que debería estar haciéndome. Tengo que contarle la verdad a Dave. Quizá durante la cena, o antes, o después..., quizá en el trayecto de vuelta a casa. ¿Cuál es el protocolo a seguir en una traición?

El sentimiento de culpa que se me ha instalado en el corazón tiene un apetito voraz y se alimenta de las sobras que dejó anoche la felicidad.

Pasito a pasito. Eso es todo. Si voy poco a poco, todo saldrá bien. Desempeñaré esta tarea grotesca y después, con el tiempo, Dave lo superará y yo volveré a sentirme feliz, tal y como me sentí en los brazos de Robert. Sí, es cierto, he roto las reglas, las reglas de Dave, las reglas de mis padres, mis propias reglas... Pero las reglas están para romperlas.

Esa era la frase favorita de mi hermana... Hasta que decidió que las reglas ni siquiera deberían existir.

Otros pensamientos sobre mi hermana tiran de los bordes de mi mente, pero no les concedo la atención que solicitan.

Miro de soslayo a Dave. Está guapo. Me parece detectar un leve aroma a colonia; algo excepcional en él, pues lleva cinco años con el mismo frasco de Polo Blue.

Lleva la chaqueta *sport* que le compré en Brooks Brothers: lino italiano teñido de un cálido color canela. Le queda estupendamente.

Y entonces me doy cuenta de que se está agarrando al volante como si fuera lo único que lo mantiene amarrado a la tierra. ¿Está nervioso? ¿Ha notado mi transformación?

Examino su expresión, pero por primera vez soy incapaz de interpretarla. Tiene los ojos pegados a la carretera y los labios presionados a causa de algo que podría ser determinación o temor.

Me rindo y trato de relajarme en los asientos de cuero afelpado. Mi móvil vibra en el bolso, pero lo ignoro. Me da miedo pensar cómo reaccionaré si es él. Me da miedo lo que Dave pueda ver en mi rostro.

Paso a paso.

* * *

Nunca había estado en Ma Poulette, pero no me gusta el nombre. Es un juego de palabras tonto: en francés Ma Poulette significa tanto «pollo» como «cariño». Sin embargo, la mayoría de la gente de aquí no lo entenderá y a quienes sepan francés no les hará gracia.

No obstante, el interior es agradable. Una iluminación tenue complementa un encanto bucólico. Hay ladrillo visto por aquí, molduras de madera por allí. Dave le dice su nombre a la camarera, que lo busca en la lista. Duda por un momento, mientras su dedo se apoya en lo que supongo que es nuestra reserva y, cuando por fin levanta la mirada, sus ojos se posan en los míos un poco más de lo normal y su sonrisa me resulta melancólica.

Están tramando algo. No va a ser una cena normal.

Me entran ganas de irme del restaurante. Pero no consigo decidirme. Eso es lo más curioso de la cobardía. La gente piensa que la cobardía te empuja a huir y a esconderte, pero en realidad lo que suele hacer es allanar el camino para que pase algo más oscuro. Es la emoción que permite que te lleven sin que opongas resistencia a sitios y destinos a los que de otro modo te negarías a ir.

Y me dejo llevar; la camarera, delante; la mano de Dave, sobre mi hombro, guiándome. Los comensales junto a los que pasamos se desdibujan mientras me guían hacia una puerta cerrada... «Otro comedor», me dicen. «Algo más íntimo».

«Pasito a pasito», pienso mientras oigo mis tacones golpeando el duro suelo.

La camarera abre la puerta. Al entrar, los veo a todos: sus padres, los míos, algunos amigos de la universidad, un socio de la empresa de Dave; Dylan Freeland, su padrino y cofundador de la empresa en la que trabajo. Por alguna razón que no logro entender, Asha está unos pasos por detrás de él. Y también está Simone; sus ojos, abiertos como platos, son el reflejo de mi miedo. Sacude la cabeza y entiendo lo que desearía poder decirme: «Te he llamado. He intentado avisarte. Elegiste un mal momento para dejar de escuchar».

—Quería que todos nuestros seres queridos presenciaran esto —dice Dave con delicadeza mientras toda esta gente, que nos sonríe cogida de la mano de las personas a las que aman, esperan el momento mágico.

Dave clava una rodilla en el suelo. Soy incapaz de moverme, ni siquiera soy capaz de mirarlo. Tengo la mirada pegada a mis pies. Pasito a pasito.

Se mete la mano en el bolsillo de la chaqueta *sport*, la chaqueta que yo le compré, la chaqueta que ahora tendrá más importancia de la que yo jamás quise que tuviera. Sigo sin mirarlo. Cierro los ojos con fuerza. No quiero este diamante. No quiero ser la rosa blanca de Dave.

—Kasie —dice.

Su voz es segura, obstinada. Abro los ojos de mala gana.

Es mi rubí. El rubí que Dave y yo habíamos estado mirando, con todas sus irresistibles sedas y su apasionado brillo rojo.

—Kasie —repite.

Me ha comprado el rubí. Algo se funde en mi interior.

—¿Me has oído? —pregunta; ahora su tono presenta un leve toque de nerviosismo.

Al levantar la mirada, veo las sonrisas de aprobación de mis padres y los ánimos que me envían las miradas de nuestros amigos.

—Te he pedido que te cases conmigo —dice.

Lo ha debido de decir varias veces. Me he perdido en el rubí, en la cobardía, en lo sencillo que es dejarse llevar hacia el destino que una vez rechazamos.

—Me has comprado un rubí —digo con una voz que suena impasible, distante—. Me estás pidiendo que me case contigo.

Nuestros amigos, nuestros compañeros de trabajo, nuestra familia... Todos tienen representante en esta estancia. Algunos han venido de muy lejos. Todos esperan escuchar la misma respuesta.

Busco con la mirada los ojos de Dave y esbozo una amplia sonrisa, para él, para nuestros invitados.

—Me estás pidiendo que me case contigo —vuelvo a decir—, y mi respuesta es sí.

# Capítulo 14

Caos.

No se me ocurre otra forma de describirlo. El estallido de hurras desentona completamente con mis emociones. Cada apretón de manos, cada felicitación bañada en lágrimas me asustan. Esto debería haber sido un momento íntimo entre dos personas: Dave y yo. Incluso en la mejor de las circunstancias, me hubiera gustado que hubiera sido así.

Y esta no es la mejor de las circunstancias.

Veo a Simone en una esquina. En ella no hay rastro de su habitual efervescencia. Ella y yo compartimos un secreto —mi secreto—; a ella le hace daño, a mí me desgarra.

Mi madre me abraza y sus lágrimas me mojan la mejilla.

—¡Estamos tan orgullosos de ti!

—No lo he hecho yo, mamá —protesto—. La cena, la petición de mano… Todo lo ha hecho Dave.

—¿Y quién eligió a Dave? ¡Tú! —Se ríe—. Te diré algo de corazón: te miro, veo las elecciones que haces y sé que contigo tomamos las decisiones acertadas. —Se aparta y me mira a los ojos—. Esto es bueno. Estamos bien.

Oigo lo que no se dice. La vida que llevo, o al menos la que el mundo conoce, es una reivindicación. Disculpa un fracaso del que ninguno de nosotros hablamos. Mis elecciones, racionales y responsables, le dicen al universo entero que nada de lo que ocurrió con Melody fue culpa de mis padres. Fue culpa de la propia Melody, no de ellos. Porque fijaos en Kasie. Es perfecta.

Mi madre coge mi mano entre las suyas, mientras mi padre se coloca a sus espaldas con una sonrisa de aprobación.

—Es una extraña elección —comenta mirando el anillo—. ¿Por qué no elegisteis un diamante?

—No es lo que ella quería —responde Dave, alejándose de sus compañeros de trabajo.

—No, pero me dijiste que no me darías lo que quería —le recuerdo—. Ayer mismo te negaste a escucharme.

Dave se pone serio por un instante y, con una excusa amable, me aparta de mis padres.

—Hasta esta noche no he hecho lo que es debido con nuestro compromiso.

—No —coincido—. Yo tampoco.

Me ruborizo al pensar lo corta que me quedo con ese comentario.

—No te pedí la mano. No hice la pregunta. Eliminé por completo el elemento sorpresa.

Contemplo la sala. «Sorpresa» puede significar tantas cosas. Puede ser una grata sorpresa, pero también puede ser el resultado de un terrible error de cálculo.

—Quería corregir eso —explica—. Así que te hice creer que no iba a comprarte ese anillo para que te emocionaras más cuando lo hiciera. Traje a nuestra familia por sorpresa para compensarte por no haberte sorprendido con la propuesta de matrimonio. De lo contrario, proponerte matrimonio después de..., después de haber estado mirando alianzas... —Se encoge de hombros—. Hubiera sido una formalidad. Yo quería darte romanticismo.

Comprendo su razonamiento. Lo entiendo. Vuelvo a mirar a mis padres. Están abrazados. Mi padre, un hombre de carácter estoico, derrama tantas lágrimas como mi madre.

Están orgullosos de mí. Están orgullosos de sí mismos. Estoy viviendo la vida que quieren que viva.

Porque alguien tiene que hacerlo.

* * *

Más apretones de manos, más brindis, champán a espuertas… No consigo disfrutar del momento. Dylan Freeland se nos acerca. Le da un abrazo a Dave y a mí un beso de lo más formal en la mejilla.

—Confío en que cuidarás de este hombre —dice—. Es como un hijo para mí.

Siento que estoy esbozando una sonrisa fea y deforme. Me disgusta este cruce de mundos. Es un inquietante recordatorio de que mi vida privada y mi porvenir profesional están inextricablemente unidos. Ando sobre una cuerda floja que no es tan resistente como parece y hasta ahora no me había dado cuenta de que no hay red.

Me excuso. Necesito tomar aire. Avanzo entre la multitud. Cada paso que doy es recibido con la felicitación de una voz diferente. Acelero el paso. Siento náuseas y mareos mientras busco la salida, esa puerta que me librará de esta pesadilla.

Por fin salgo a un patio, pero no está vacío. Asha está ahí, con un cigarrillo fino en la mano.

—Se supone que no se puede fumar —dice a modo de saludo—. Ni siquiera en el patio. —Da una larga calada y echa el humo por un lateral de la boca—. Pero a veces hay que romper las normas. ¿No te parece?

Me he colocado en el extremo opuesto del patio, lo más lejos que puedo situarme de ese humo cancerígeno.

—Me sorprende que hayas venido —le digo.

Se encoge de hombros.

—Dave llamó a la oficina. No sabía si tenías amistad con alguien, si había alguien a quien debiera invitar. Es curioso que tuviera que preguntarlo. En cualquier caso, le dije que no había nadie..., solo yo.

—No somos amigas.

—No, pero tenía curiosidad.

Intento mantener la calma. Lleva un vestido negro ajustado con la espalda parcialmente descubierta, que revela medio círculo de piel suave y morena. Somos como dos vaqueros en una película del Oeste, excepto que nuestros sombreros blanco y negro han sido remplazados por vestidos, y nuestros revólveres, por otras armas igual de letales, pero menos tangibles.

Aunque quizá mi sombrero blanco debería ser de color gris claro.

—¿Te pasa algo conmigo? —le pregunto.

No estoy segura de que me importe la respuesta. Esta noche me acosan otros demonios más aterradores que ella.

—A nadie le pasa nada contigo, Kasie —afirma Asha antes de dar otra calada—. Un amante agradecido te obsequió con un trabajo y ahora te casarás con los dos. Eres muy afortunada.

—Nadie me obsequió con un trabajo —contesto—. Pedí que me echaran un cable para conseguir una entrevista. Esto es todo.

—Es cierto. —Coge una copa vacía parar tirar la colilla. El humo se eleva dibujando círculos, que hacen que la copa parezca la humeante olla de una bruja—. Y tu trabajo se te da muy bien. Pero ten cuidado. Porque el problema que tienen los cables es que, si los toqueteas mucho, puedes acabar electrocutándote.

* * *

Pasa otra media hora antes de que Simone logre acercarse. Me lleva al baño y mira bajo las puertas de cada uno de los servicios para asegurarse de que no hay nadie.

—Pero ¿qué estás haciendo? —me increpa en cuanto se asegura de que tenemos intimidad.

—No podía rechazarlo delante de todo el mundo. Nuestra familia, nuestros amigos, sus compañeros de trabajo... No podía.

Simone expulsa su frustración resoplando.

—Subestimé a Dave —murmura más para ella que para mí—. Puede ser muy romántico.

Simone levanta la mirada con brusquedad, examina mi expresión y no parece gustarle lo que ve.

—¿Y ahora qué? —pregunta en un tono agresivo—. ¿Lo rechazarás esta noche? ¿Mañana?

—No lo sé.

—¿Cuando se hayan marchado los testigos y el escenario vuelva a ser todo tuyo?

Bajo la mirada al rubí. Veo los rostros de mis padres. Pienso en la euforia que hemos desatado tras las puertas de estos lavabos. Pienso en Dave y en su empeño por hacer las cosas bien.

Hubo una época en la que yo también quise hacer las cosas bien. Creía que todo era blanco o negro, correcto o incorrecto, bueno o malo. En realidad, no soy taoísta. Tan solo aprendí lo suficiente sobre esa filosofía como para aprobar el examen de la universidad. Aprendí lo suficiente como para fantasear con ella cuando me conviene. Nunca me he sentido cómoda con la ambigüedad.

«Estamos bien», me había dicho mi madre, pero no se daba cuenta de lo equivocada que estaba.

He amordazado y atado de pies y manos al ángel que aparece sobre mi hombro, y le he ofrecido a mi diabla mi cuerpo y mi mente como patio de juegos.

¿Puedo volver atrás? ¿Quiero hacerlo?

—No lo sé —repito.

Es la respuesta a las preguntas de Simone y a las mías. He intentado ir paso a paso, pero, como ya no sé en qué dirección debo caminar, me quedo en el baño paralizada por el peso de los secretos y las joyas, buscando las miguitas de pan que me guíen hasta un camino que no me aterrorice.

La puerta del aseo se abre. Es Ellis, una compañera del instituto, la mujer que me llevó al acto en el que conocí a Dave. Ahora nos vemos muy poco..., tres o cuatro veces al año en alguna comida, pero hoy me trata como si fuera su mejor amiga del mundo mundial.

—¡Me alegro tanto por ti! —grita entusiasmada dejando de lado a Simone—. Siempre le digo a todo el mundo que Dave y tú sois la pareja perfecta.

Mientras me abraza, oigo a Simone mascullar para el cuello de su camisa: «Tan perfecta como las estatuas de Italia».

* * *

Dave me lleva a casa. Hay que arreglar el anillo. Me aprieta un poco.

Ya le he dado una respuesta, pero aún no he tomado la decisión. Mi mundo está patas arriba, totalmente del revés. Y es por mi culpa. Robert Dade tiene la misma culpa de las complejidades de mi vida que la que tiene una violenta tormenta de echar abajo un edificio mal construido.

—¿Estás feliz? —me pregunta.

Asiento con la cabeza y sonrío porque no se me ocurre otra cosa que hacer.

Aparca en la entrada de mi casa y se gira hacia mí.

—¿Me dejarás entrar a echar una cabezadita?

La pregunta me coge desprevenida. Es una actitud que no viene a cuento. El tipo de pregunta que te hace un hombre con una sonrisa irónica en la tercera cita. Pero Dave lleva seis años conmigo, ha tocado mi piel desnuda más veces de las que lo ha hecho mi perfume favorito. Hoy se ha comprometido a pasar el resto de su vida conmigo. Hace mucho tiempo que no tiene necesidad de soltar indirectas ingeniosas para entrar en mi casa.

Aun así, no se lo tengo en cuenta. Últimamente, todo ha sido tan raro entre nosotros que quizá lo que pretende con este cambio de actitud es ser coherente con la extrañeza que nos rodea. Así que entra conmigo y, mientras me observa en el umbral de la cocina, cojo un oporto dulce de mi discreta selección de vinos y dos frágiles copas.

Pero antes de que pueda abrir la botella, posa su mano sobre la mía. Es una caricia ligera, pero aun así… tiene un peso diferente.

—Ha pasado mucho tiempo, Kasie.

Bajo la mirada a la botella sin abrir.

—Diez días desde la última vez que hicimos el amor —prosigue.

—¡Vaya, los has estado contado! —Quiero reír, pero noto un temblor en la voz.

¿Tanto tiempo ha pasado? ¿Cómo es que no me he dado cuenta?

Pues porque para mí no han sido diez días. Para mí no ha pasado ni un día. A primera hora de la mañana he estado con Robert Dade.

Dave desliza la mano hacia mi muñeca y presiona los dedos con delicadeza en la vena que revela mi pulso cada vez más acelerado.

¿Cómo puedo hacer algo así? ¿Cómo voy a estar con dos hombres en menos de veinticuatro horas? ¿Cómo no voy a considerarme una auténtica zorra después de hacer algo así?

Me quedo mirando fijamente el oporto, ni siquiera pestañeo, como si el más mínimo movimiento de los párpados pudiera hacer rebosar las lágrimas.

—¿Me dejas que nos sirva una copita? —pregunto sumisamente.

La culpabilidad me ha vuelto tímida. Me hace sonrojar y me provoca temblores.

Dave se percata de todo esto, nota cómo se me acelera el pulso..., pero lo interpreta de otro modo. Se inclina hacia mí y sus labios tocan con delicadeza los míos. Es un beso suave y cariñoso y, cuando me abre la boca despacio con la lengua, cedo a sus impulsos. Levanto los brazos para rodearle el cuello, mientras él me acerca a su cuerpo. Parte de mis miedos desaparecen. Esto parece tan sencillo, tan cómodo, tan seguro. ¡Dios!, lo que daría por sentirme segura ahora mismo.

Y me gusta la forma que tiene Dave de abrazarme: como si fuera algo valioso, digno de admiración.

Es tan diferente de la pasión arrolladora que transmiten los dedos de Robert. Recuerdo cómo me mordía el labio, cómo me sujetaba los brazos por encima de la cabeza mientras me besaba con ternura el cuello, y cómo me empujaba contra la pared mientras yo le invitaba a entrar dentro de mí…

Me aparto de Dave.

—Una copa —digo débilmente—. Quiero que antes nos tomemos una copa.

La confusión de Dave es evidente, pero lo que me rasga el corazón es la tristeza que veo en su mirada. Me acerco a él y le doy un beso con la boca cerrada debajo de la mejilla.

—Solo una copita. Quiero que pruebes este oporto.

Asiente con la cabeza y sale de la cocina.

¿Cuántas veces habré viso a Dave salir de una habitación? Hasta ahora eso nunca me había preocupado, pero hoy su retirada se me antoja un presagio de mal agüero. Tengo que tomar aire tres veces antes de conseguir que mis manos se calmen lo suficiente como para descorchar la botella.

Me lo encuentro en el sofá. Ni me mira cuando le entrego la copa. El vino es de un rojo tan oscuro que parece negro y, en este momento, hasta ese detalle inofensivo me parece revelador. De pronto la habitación está llena de señales y cada una de ellas resulta alarmante.

Otra inhalación profunda, otras pocas palabras que me ayuden en silencio a razonar y a echarle valor.

Finalmente, Dave levanta la mirada, su dolor es más agudo y empieza a parecer una acusación.

—¿Sigues cabreada conmigo? —pregunta.

Lo miro con cara de póquer.

—Aquella noche no debería haberme marchado —continúa—. La noche que te sentaste a horcajadas en mi regazo y me dijiste que... —Su voz se desvanece y vuelve a apartar la mirada—. Me disculpé con rosas. Pero si eso no es suficiente, dime cuál es el precio que he de pagar para pasar página. Porque esto... —Señala con la mano a todo y a nada—. Esto es un infierno.

—No te estoy culpando de ese fallo de comunicación. No estoy enfadada.

—Pero algo pasa —observa Dave—. Cuando te pongo el brazo por los hombros, no te acurrucas junto a mí como solías hacer. Antes, cuando te daba la mano, tu palma se fundía en la mía con toda naturalidad. Ahora es como si nuestras manos hubiesen dejado de encajar. Esta noche te he pedido que te cases conmigo delante de todas las personas del mundo que nos importan. ¿Es mucho pedir que lo celebremos y...?

Su voz vuelve a desvanecerse. Apenas reconozco a este hombre. Nunca le había visto tan desgraciado. Yo le he hecho esto.

—Dave.

Pronuncio su nombre con cuidado y me siento a su lado. Pero no le toco. En lugar de eso, bebo un sorbo del dulce y sabroso vino e intento encontrar una explicación que sirva de ayuda, no de destrucción.

—¿Te asusté aquella noche? —pregunta—. Por favor, dime que no. Quiero que conmigo te sientas segura. Es mi trabajo. Por favor, dime que no he fallado en algo tan elemental. Por favor.

—No, me haces sentir segura —respondo a toda prisa—. Siempre.

Examino el contenido de mi copa antes de dar otro sorbo.

—¿Entonces qué ocurre?

No contesto de inmediato. Estoy ocupada recuperando mis desperdigados restos de valentía. Es el momento. Lo sé. Se lo tengo que decir ahora.

—¿Es por tu hermana?

La incongruencia me conmociona, me hace perder el norte.

—Sabes que queda una semana para su cumpleaños. Melody hubiera cumplido treinta y siete, ¿verdad?

¿Cómo diablos hemos llegado hasta aquí? ¿Cómo hemos pasado de hablar de nuestros problemas de pareja a hablar de Melody? En esta conversación no hay hueco para ella.

—Murió dos días después de cumplir treinta y dos años, ¿verdad? Por tanto, queda poco para el decimoquinto aniversario de su muerte.

No reacciono. La conversación que estábamos teniendo me desgarraba por dentro, pero esta conversación es insoportable. Sé por qué Dave y yo estamos teniendo problemas; es culpa mía. Pero tratar de echar la culpa a Melody de esta distancia que nos separa sería peor que todo lo que yo he hecho hasta ahora. Es más, sería peor que todos sus pecados juntos.

—Tenías trece años cuando murió. —Dave habla despacio tratando de recordar los detalles de una historia que yo rara vez cuento—. Se suicidó.

—No —escupo la palabra con vehemencia—. Fue una sobredosis accidental.

Lo digo como si eso no implicara ya de por sí un tipo de suicidio. Cocaína, éxtasis, tequila, hombres… Mi hermana usaba todo eso para alimentar su autodestrucción. Cada raya, cada chute o cada ligue enfermizo era igual de violento que una cuchillada.

Pero ella decía que le encantaba. La pasión que sentía por los excesos y por la temeridad solo podía compararse con el odio que les reservaba a los aburridos compromisos y a lo establecido.

Sufrió una sobredosis accidental. Mi madre dijo que ella se lo había buscado.

Dave se ha callado. No quiere que sea un monólogo. Tenía la esperanza de que le cogiera de la mano. Quiere que vuelva a acurrucarme en sus brazos y que le diga que me conoce mejor que nadie.

Pero a cambio de este recordatorio no obtendrá ese tipo de afecto. Ahora mismo me cuesta hasta pensar en él, porque ahora mismo no soy su prometida. Ni siquiera lo conozco. Jamás nos hemos visto.

Ahora mismo tengo nueve años y miro por la ventana a una chica que se llama Melody y que no para de bailar. Está bailando en el jardín de la entrada al son de una música que solo ella puede oír.

Será la última vez que la vea. Vino a casa a pedirles dinero a nuestros padres y, cuando se negaron a abrirle la puerta, cuando decidieron ignorar hasta su presencia, se puso a bailar.

Pero no pienso contarle estas cosas ni a Dave ni a nadie. En lugar de eso, me obligo a volver al presente y me fuerzo a esbozar una sonrisa discreta y ensayada; después coloco la mano sobre su rodilla, le miro a los ojos y digo:

—Esto no es por ella. Ni siquiera es por nosotros. Soy yo, que estoy haciendo el tonto.

—¿El tonto? —repite como si le costara encontrar alguna conexión entre ese adjetivo y yo.

—Hiciste bien en marcharte aquella noche —continúo—. Ese comportamiento no encaja conmigo. Quizá fueran los nervios de la boda. Pero no estuvo bien. —Me acurruco en sus brazos como solía hacer, como quiere que haga—. La locura y el descontrol no tienen límites.

Me acaricia la mejilla con el dorso de la mano.

—No te pareces a ninguna mujer que haya conocido. Eres mi Kasie y eres perfecta. La noche que cenamos en Scarpetta dije que no lo eras. Mentí.

—No, eso era verdad. Pero estoy segura de que a lo largo de los años me has contado otras mentiras más agradables. Todos mentimos de vez en cuando —afirmo—. Y cometemos errores.

—Supongo —responde con indecisión.

—Quizá lo que diferencia a los buenos de los malos es que solo algunos de nosotros... Cuando mentimos, cuando cometemos un error..., quizá algunos de nosotros sí somos capaces de echarle valor... y arreglar las cosas.

Cuando me besa en la mejilla, vuelvo a sentir que las lágrimas se me acumulan en los ojos. Esta vez permito que se me escapen unas pocas por el rabillo del ojo y no rechisto cuando las cata.

«No te pareces a ninguna mujer que haya conocido».

Esas han sido sus palabras... y me gustan. Me gusta la idea de ser completamente única.

Sus besos han subido hacia mi frente y después han bajado de nuevo hacia mi boca. No protesto cuando me quita la copa de oporto de la mano y la deja sobre un posavasos en la mesita de centro. No me aparto cuando me baja la cremallera del vestido, me lo sube y me agarra los pechos. No se lo pongo difícil, mientras me quita con cuidado el vestido y lo deja doblado sobre el reposabrazos de una butaca, junto a su chaqueta *sport* y su camisa. No le digo que no cuando me tumba sobre el sofá y se tiende encima de mí con sumo cuidado; ay, tanto cuidado de no hacerme daño, magullarme o provocarme la más mínima molestia. Me adora. Lo noto cuando me roza el vientre con los dedos. Lo noto cuando me besa el cabello. Lo noto en la calidez de su sonrisa. Es aquí donde debo estar. Estas son las normas que he elegido para mi vida. No tenía derecho a entregarme a Robert Dade. No hay hueco para él en mi vida personal ni en mis pensamientos.

Y mientras Dave me besa la frente, trato de ignorar las imágenes, los recuerdos... Trato de olvidar que esta misma mañana perdí el control.

# Capítulo 15

Dave se queda a dormir. Obviamente. No es la primera vez, ni mucho menos, pero como hace semanas que no pasamos la noche juntos, ya se me había olvidado la sensación de dormir con él, y ahora sus suaves ronquidos me desagradan.

Me tumbo de lado y lo miro. Está dormido con la boca entreabierta.

Dave y yo estuvimos saliendo una semana antes de que me besara; tres meses antes de que hiciéramos el amor. Decía que no quería meterme prisa, que sabía que no era ese tipo de chica. No tuve agallas para decirle que con los hombres que le habían precedido no había esperado ni la mitad de tiempo. Mi primera relación fue a los veinte años. Estaba tan desesperada por librarme de la virginidad que no me había importado que oliera a cigarrillos, que no dijera más que clichés y que apenas me mirara a los ojos cuando me penetró. Mi segundo amante fue un jugador de lacrosse elegante, apuesto y alto, pero que tenía las manos muy largas y al que le gustaban demasiado las mujeres. El dolor que me provocó la ruptura fue agudo, pero pasajero. Cuando dejé de llorar, aún quedaban un montón de pañuelos en la caja.

Pero Dave es diferente. Me respeta. Piensa que soy valiosa. Me rinde homenaje con conceptos románticos pasados de moda.

Y la guinda final es que me ayudó a conseguir el trabajo que yo quería.

Dave me ha dado tanto que tiene sentido que sea lo primero que me dura para siempre, la primera cosa en mi vida que no se queda en una mera fase.

Esa constancia tiene mucho valor, ¿verdad? Sin duda, más valor que los secretos ilícitos que por la noche se cuelan en mis sueños. No puedo volver a hacer el amor con Robert. Jamás. Lo expulsaré de mi vida.

Ojalá pudiera expulsarlo de mi cabeza.

* * *

A las siete de la mañana le entrego a Dave una tartera con comida y un termo de café bien cargado para que se lo lleve a la videoconferencia que tiene a una hora tan temprana y tan poco habitual. Le sorprende. Nunca le había preparado una tartera para ir a la oficina. Es un gesto muy Norman Rockwell* y eso está bien. Necesito incorporar a mi vida un poco de la moralidad que mostraban sus pinturas.

Me besa en la frente y siento que su cariño es absoluto. Mientras lo veo marchar, siento algo más, algo que me sale de las entrañas. Quiero que sea amor.

Pero se parece mucho al sentimiento de obligación.

Antes estaba en deuda con Dave por la entrevista que me había conseguido y por su atención constante, pero ahora que lo he traicionado le debo mucho más, más que regalos y favores. Le debo la felicidad.

Casi una hora después, cuando me estoy vistiendo para ir a trabajar, suena mi móvil y apare-

* Norman Percevel Rockwell (1894-1978) fue un ilustrador, fotógrafo y pintor estadounidense célebre por sus imágenes llenas de ironía y humor.

ce en la pantalla el teléfono de la ayudante de Robert.

No, está mal. Es otra vez el señor Dade. Tengo que encontrar la manera de que vuelva a ser un desconocido.

—¿Señorita Fitzgerald? —La voz inquisitiva de Sonya se cuela por el teléfono—. Discúlpeme por llamar tan temprano.

—No pasa nada.

Me siento en el borde de la cama con el móvil en la oreja; solo llevo un conjunto de braguita y sujetador, y me siento expuesta. Es una tontería, porque Sonya no me ve, pero sabe cosas sobre mí que otros no saben; me lo recuerda el tono demasiado íntimo que pone cuando me informa de que el señor Dade quiere reunirse conmigo fuera de la oficina.

—...13900 Tahiti Way, en Marina del Rey —me comunica.

Hay algo en esa dirección que la emociona. Lo sé por la manera que tiene de susurrar los números.

—¿Qué hay ahí? —mantengo un tono neutro, aséptico.

Quiero borrar su recuerdo... ¿Me habrá imaginado con él? ¿Me habrá imaginado con ella? ¿Grité cuando Robert deslizó sus dedos por mi clítoris, cuando me besó el cuello, los pechos...?

¿Me oyó perder el control?

—Ah, pensé que ustedes ya habían concretado los detalles... No le pregunté exactamente en qué parte del puerto deportivo... Bueno, no es asunto mío.

Ese comentario me revela que lo oyó todo, que lo ha imaginado todo. Para ella no soy una socia del señor Dade, soy la mujer que él se tiró sobre su mesa y da igual el tono que ponga o el traje que lleve. Siempre lo sabrá por culpa de mis indiscreciones.

Y por eso la odio.

Cuelgo el teléfono sin añadir una sola palabra. En cualquier caso, no era necesario decir nada más. Sabe que iré. Es mi trabajo, mi adicción, mi tentación... Poco importa si lo que me conduce allí es lujuria, ambición o simple y llana curiosidad.

Lo único que importa es que él sabe que iré.

Un presentimiento me recorre la espina dorsal. Ahora sé cuál es mi sitio. Junto a Dave. He terminado con Robert Dade.

Acudiré a la reunión movida por la ambición y a pesar de la lujuria que tendré que reprimir. Acudiré a la reunión para despedirme.

Elijo un traje de la marca Theory; no es tan provocativo como el que llevé el último día que me vio, pero tiene mucho más estilo que los que suelo llevar. Lo conjunto con una blusa de satén que, si no fuera por el tejido, podría pasar por una camisa de hombre. No dejaré que me impresione.

Y si lo hace, al menos no lo verá.

Hasta que no estoy en el coche introduciendo la dirección en el GPS no asimilo las palabras de Sonya. ¿El puerto deportivo?

Durante un instante me planteo quitar las llaves del contacto.

¿Por qué iba a reunirme con este hombre en el puerto deportivo? Es un lugar demasiado agradable, demasiado romántico, que susurra al oído demasiadas fantasías sobre marcharse navegando y alejarse de todo.

Pero él sabe que iré, así que enciendo el motor.

* * *

Detengo el coche en el aparcamiento que bordea la península, frente a embarcaciones de placer amarradas a un paseo rodeado de apartamentos y hoteles de lujo. La fantasía se funde con la realidad urbana, una metáfora que también resulta apropiada para describir el aprieto en que me encuentro. Pero yo no puedo tener las dos cosas. Debo renunciar a la fantasía.

Un mensaje de texto hace sonar mi teléfono. Es él. Tan solo me informa de dónde aparcar, a dónde dirigirme, qué verjas cruzar. Me extraña que el mensaje sea tan sumamente oportuno. Es como si este hombre tuviera un sexto sentido en lo que respecta a mí.

Examino de nuevo sus palabras. Me está dando instrucciones. Tal y como hizo aquella noche en Las Vegas... Tal y como hizo mientras me observaba a través de la pantalla de su ordenador. Pero quizá en esta ocasión sea diferente, quizás ahora tenga buenas intenciones...

No, no puede tener buena intención, no. Nada que tenga que ver con Robert Dade tiene buena intención. Y tampoco la tienen mis ansias por seguir sus directrices.

A medida que me alejo del coche en dirección a la verja que me ha dicho que tengo que atravesar —el hotel Ritz-Carlton a mi izquierda, el océano a mi derecha—, me pregunto cuál será la próxima instrucción.

Hace calor y me quito la chaqueta. Ni siquiera el satén es apropiado para este decorado, pero ya no tiene remedio. Voy hacia las escaleras y bajo al muelle; paso junto a veleros, restaurantes, turistas y palmeras hasta que encuentro el lugar en el que se supone que tengo que girar... hacia el horizonte. Y lo veo. Está de pie en un yate pequeño y lleva otra de sus camisetas baratas —el gris carbón del tejido, a juego con su pelo— y unos vaqueros gastados... No puedo distinguir si son viejos o si simplemente están diseñados para que lo parezcan. Tampoco importa.

Camino hacia él, tal y como me ha ordenado, pero me detengo a unos centímetros del barco.

—¿La reunión será en el club marítimo? —pregunto desde el muelle.

—No, sube a bordo —dice desde la altura del barco.

Me hace daño lo mucho que deseo aceptar su propuesta. Deseo permitirle llevarme en otra aventura. Deseo seguir las indicaciones de mi diabla.

Pero niego con la cabeza.

—Aquí hay muchos restaurantes en los que podemos tener la reunión.

Se me queda mirando.

—¿Va todo bien?

Es una buena pregunta. Igual no lo es ahora mismo, pero sin duda lo será si me mantengo en mis trece. Aprieto los labios y asiento con rigidez.

—Si bajo a buscarte, no me comportaré como un caballero.

Está de broma, pero la amenaza me asusta igualmente. Todo ha cambiado. Ahora estoy oficialmente prometida y todo el mundo —mis amigos, mis padres, mis compañeros de trabajo— lo sabe. Si Robert hace algo que me delatc, lás consecuencias mancharán de humillación mi vida entera. No quiero ni pensarlo.

—Podría darme media vuelta y marcharme ahora mismo.

Arrecia el viento y me levanta el cabello con una fuerza silenciosa. Me lo he vuelto a dejar suelto. Empiezo a acostumbrarme a la sensación que me produce al moverse. Empiezo a acostumbrarme también a que las palabras del señor Dade me conmuevan, y eso es un problema. Me obligaré a alejarme de él.

—No he venido a eso, señor Dade.

—Vaya, conque volvemos a las formalidades.

Su frase esconde una pregunta. Aún no se ha dado cuenta de la magnitud del cambio. Cree que tan solo me he asustado un poco... o quizá que yo también estoy de broma.

—Creo..., por muchas razones, que deberíamos procurar mantener... un decoro profesional. Me temo que he permitido que la relación fuera demasiado íntima. No volverá a ocurrir.

Se queda callado, examinándome.

—Estoy seguro de que conoces la historia del pastor que gritaba «que viene el lobo» —comenta inexpresivo—. Eres consciente de que en este tema has perdido toda credibilidad.

—Esta vez voy en serio.

—¿No como la última vez, que lo decías en broma?

—No voy a subir a ese barco.

Echo los hombros hacia atrás y lo miro a los ojos. Espero que reflejen la rabia, el dolor o la perplejidad que les corresponde, pero su cara de póquer es insuperable. Soy incapaz de prever cuál será su próxima jugada...

Hasta que sonríe... Es la sonrisa que esbozo cuando, en una partida de ajedrez, me doy cuenta de que compito con un rival potente. Es la sonrisa de alguien que sabe que está a punto de ganarle al mejor.

—Si bajo a por ti, señorita Fitzgerald, te besaré. —Levanta la mano cuando empiezo a protestar—. Y no me conformaré con eso. Te tocaré del modo que quieres que te toque.

—¡Silencio! —siseo.

Miro a mi alrededor avergonzada. No veo a nadie en los barcos cercanos, pero eso no significa nada. Estamos en un lugar público, tiene una voz grave y no puedo confiar en que la brisa del océano se lleve al mar todas y cada una de sus palabras.

—Eso es lo que quieres, ¿no, Kasie? —dice manteniendo el mismo tono de voz insistente y seguro—. Quieres que te toque aquí mismo, a plena luz del día, para que te vea toda la gente que come en ese bistró que está a tiro de piedra. Quieres que haya público. Quieres que te desenmascare delante de todo el mundo.

—No puedo subir al barco. —Sé que debo ser dura, pero no puedo. Mi voz es cada vez más débil.

No tiene derecho a decirme estas cosas. Y yo no tengo derecho a desearlas.

Pero las fantasías se cuelan de puntillas en mi conciencia. En la mesa delante de mi equipo, en el sofá delante de sus amigos..., cruzando el casino con un vestido Hervé Léger, todas las miradas puestas en mí, todo el mundo viéndome como la mujer que se supone que no debo ser.

—Sube a bordo —repite más suave, más dulce—. No pasará nada que no quieras que pase. Recuerda: basta con que digas «No».

¿No he dicho ya que no? ¿No he dicho: «No puedo subir al barco»? ¿Decir «No puedo» no es lo mismo que decir «No»?

No lo es. «No poder» se refiere a lo que soy capaz de hacer y lo que me resulta imposible. Pero «No» no se refiere a la capacidad, sino al deseo.

No deseo decir «No».

Monto en el barco con sumo cuidado.

Viene a mi encuentro y me besa con inocencia en la mejilla, pero su mano se cuela entre nosotros y gimo al sentir una leve presión en el único lugar que siempre me delata.

—No he venido a eso —asevero apartándome.

—No, has venido por trabajo. —Camina hacia una botella de Sauvignon Blanc que se enfría en un cubo con hielos—. Jamás vendrías porque quieres que te vuelva a tocar, aunque es lo que quieres. Jamás vendrías porque te sientes viva cuando estás conmigo. Jamás vendrías porque soy la única persona ante la que puedes mostrar tu verdadero yo. Pero ¿por trabajo? Sí, claro, por trabajo siempre vendrías.

Sirve una copa de vino blanco y me la ofrece. La bebida me recuerda a Dave. La rechazo con la cabeza.

—No soy mi verdadero yo cuando estoy con usted. No sé quién soy.

—Ese es el problema —afirma quedándose con el vino. Es la primera cosa que no me fuerza a aceptar desde que he llegado—. No sabes quién eres. Hasta me pediste que te describiera la última vez que estuvimos juntos y ni siquiera así eres capaz de verlo. Normalmente, eso hubiera bastado para que perdiera el interés. La consciencia de uno mismo es sexi. Los delirios, no.

Aunque tengo el sol a mis espaldas, saco las gafas de mi bolso. Tengo el presentimiento de que voy a necesitar el mayor número posible de capas de protección.

—¿Piensa que deliro?

—En ocasiones. No te pega.

—Si le desagrada tanto, igual se podía ir a tomar por culo.

Robert Dade se echa a reír. Es una risa sincera con un ligero toque de ostentación. Hace que me relaje y me entran ganas de acercarme a él, en lugar de alejarme.

—Como ya te he dicho, si realmente fueras así, eso haría. Te dejaría en paz. Lo que ocurre es... —y es él el que da un paso hacia mí— que la mujer que eres de verdad, esa que ocultas bajo tantas capas, la mujer que solo logra salir cuando se la toca de cierto modo, cuando se le hace sentir ciertas cosas..., esa mujer es tan irresistible que me temo que soy incapaz de alejarme de ella.

«Date media vuelta y vete. Dile que estáis prometidos».

Pero no digo nada. El viento se ha llevado mi voz.

—Deseo a esa mujer —repite dando otro paso al frente—. Y no solo en el dormitorio. Quiero saber cómo es cenando a la luz de las velas. Quiero verla en la playa. Quiero saber cómo sería pasear a su lado hablando de los pensamientos que tú no le dejas que comparta con nadie.

—Me voy a casar.

—Con un hombre al que no amas.

—Es el hombre que quiero.

—Menuda mentirosilla más seductora estás hecha.

Levanto la barbilla y lo ataco con una mirada desafiante. Un destello de respeto... Lo veo en sus ojos... aunque quizá siempre haya estado ahí. Respeto hacia mí en esos ojos castaños..., pero en realidad no es hacia mí. Es hacia la mujer que piensa que le oculto. Una mujer que no quiero ser.

—Quiero a Dave Beasley.

—¿Sí? —Ahora su voz es dulce, pero resulta imposible pasar por alto su sarcasmo—. ¿Qué es lo que quieres exactamente que haga contigo?

—No sea burdo.

—¿Quieres que te mantenga a raya?

No respondo. Robert está muy cerca. Si da otro paso al frente, nos tocaremos.

Pero no lo hace. En lugar de eso, traza un círculo a mi alrededor, tal y como hizo en la suite del Venetian.

—¿Quieres que reprima tu verdadero yo? ¿Que te ate a la cuerda que tú misma has creado?

—Basta. —Mi tono susurrante contradice el significado de la palabra.

Lo noto por detrás, aunque aún no me está tocando.

—¿Quieres que te encierre? ¿Tienes miedo de no ser capaz de hacerlo tú solita?

Su aliento me hace cosquillas en la oreja mientras avanza hacia mi lado derecho. Espero que complete el círculo, pero no lo hace. Se queda parado ahí, a mi lado, mirándome. Si me inclino tan solo un poquito, le tocaré la barbilla con la coronilla; el pecho, con el hombro; el muslo, con la mano.

Sigo mirando al frente, dando gracias por tener puestas unas gafas oscuras. Difuminan los colores, que hoy brillan demasiado.

—Mírame la mano —digo con sosiego.

Se detiene perplejo ante lo que parece una petición de lo más extraña, pero entonces lo ve y lo levanta para mirarlo a la luz.

—Me ha comprado un rubí —afirmo mientras examina la piedra—. No un anillo de diamantes, un rubí.

—¿De quién fue la idea?

De nuevo, no respondo.

—La idea fue tuya —pronuncia las palabras con un tono de grata sorpresa.

Ahora sí que me toca. Me aparta el pelo de la cara. No me giro para mirarle.

—Dejaste que la mujer que estás intentando destruir eligiera el anillo.

—Hablas como si estuviera loca, pero no tengo personalidad múltiple. Solo tengo una personalidad.

—Ah, lo sé..., y es a ti, a tu verdadero yo, a quien deseo; no a la fachada que sonríe con dulzura y finge ser una rosa blanca..., delicada, anodina, débil.

—¿Me ha convocado aquí para tener una reunión de negocios, señor Dade?

—Quiero derribar esa fachada. —Levanta las manos para agarrar el aire que hay alrededor de mi cuerpo como si fuera capaz de quitarme un escudo invisible—. Quiero tirarla a lo más profundo del océano para que jamás puedas recuperarla. No te quiero atada a una cuerda, Kasie. No te quiero meter en una jaula, no te quiero controlar. Quiero liberarte.

—Dice el hombre que prácticamente me ha chantajeado para subir a este yate.

—Ah, sí. Pero eso es diferente. Por lo visto, de momento tengo que recurrir prácticamente al chantaje para que hagas las cosas que quieres hacer. Quiero que hagas esas cosas por ti misma. Quiero que cedas a tus deseos tal como cedes a tu ambición.

—No sea estúpido.

—Si lo hicieras, serías imparable.

—Le quiero.

Vacila. Eso no lo había visto venir.

—Le quiero —repito más alto.

—Vaya —murmura—. Esa mentira me seduce menos.

—Usted se ha acostado conmigo. —Mi voz es impasible, fría—. Conoce mi cuerpo, sabe incluso cómo hacer que entone melodías…, pero eso no es más que química. Dave conoce mi pasado, sabe cómo pienso… Usted conoce mi cuerpo, señor Dade. Dave me conoce.

—Lo dudo.

—Él sabe de dónde vengo.

—Estoy seguro. Tan seguro como que sabe a dónde quiere que vayas.

—No. Él quiere lo mismo que yo. No porque esté tratando de que me adapte a él, sino porque los dos queremos las mismas cosas. Es lo que nos hace compatibles. Usted es el que me presiona. Lo que usted y yo tenemos... es..., solo es...

—Solo química. —Robert termina la frase por mí.

Se aparta, se sienta en una tumbona y se bebe el vino un poco más rápido de lo normal. ¿Está nervioso? Hasta ahora nunca hubiera asociado esa emoción con él.

—¿Sabes lo que es la química? —pregunta.

Me encojo de hombros, a pesar de que mi mente tiene una respuesta.

La química es la chispa que salta en mi interior cuando los dedos del señor Dade me acarician el cuello. Es lo que me acelera el pulso cuando me besa en el mismo sitio, probando mi sal, lamiendo esa zona de piel delicada. Es la palpitación que siento entre las piernas cuando sus manos viajan de mis hombros a mis pechos, a mi vientre... y más abajo...

—Es el estudio de la materia atómica —afirma Robert sacándome de mis pensamientos—.

Describe cómo reaccionan los distintos elementos químicos. Pero, lo que es más importante, estudia la unión de dichos elementos.

—Creo que debería irme.

—Para que dos elementos reaccionen entre sí, deben encontrarse —prosigue—. Entonces se enlazan y, de un modo muy primitivo, reconocen los detalles del otro elemento que darán lugar a una reacción química.

—No tengo ni idea de a dónde quiere llegar.

—No reaccionaríamos entre nosotros del modo que lo hacemos si no fuéramos capaces de identificar algo fundamental de la naturaleza del otro. Cuando te vi..., cuando te toqué, sentí que había una parte intrínseca de tu ser que me haría reaccionar de formas en las que jamás reaccionaría..., en las que jamás podría reaccionar con otras mujeres. Somos bicarbonato y vinagre, Coca-Cola Light y Mentos...

—¿Whisky con soda?

Sonríe ante mi inesperada contribución a su monólogo.

—No estoy seguro de que el whisky y la soda produzcan una reacción química.

—Quizá no —admito.

Pero pienso en la fría y leve punzada que sentí cuando me acarició con los dedos mojados de whisky entre las piernas; recuerdo el sabor a ese licor en su lengua.

Química.

—Le quiero —repito.

El sol está cada vez más alto en el cielo. Siento cómo me golpea en los hombros. Una gotita de sudor me cae por la frente. «A lo que estoy reaccionando es al sol», me digo. «Al sol..., no al calor».

—Casi te creo —dice.

Por un instante pienso que ha oído tanto mis pensamientos como mis palabras.

—Debería creerme. —Me preparo, cojo fuerzas y alejo la mirada del horizonte para encontrarme con la suya—. Nunca le he metido.

—Pero a él sí.

—Le quiero —explico—. Todo el mundo miente a las personas que ama. Son los únicos por los que merece la pena hacer el esfuerzo.

—Entonces debes quererte mucho a ti misma.

Algo me obstruye la garganta. No sé si es una risa o un grito.

—¿A Dave le encanta esta peca tanto como a mí?

Vuelve a ponerse de pie y posa un dedo sobre la peca que asoma por encima del cuello de mi camisa, justo en el nacimiento de mis pechos.

—¿Te estremeces cuando sus manos bajan a tu cintura, cuando sus manos se deslizan bajo la seda de tu camisa?

Tiene las manos en mi cintura; desliza los pulgares bajo mi camisa para tocar mi piel.

—¿Te estremeces cuando te arrastra hacia él? —Sus manos se colocan en la parte baja de mi espalda y aplican la presión suficiente para moverme hacia delante, hacia él—. Cuando te sube en brazos... —Me ha cogido en brazos, mis pies no tocan el suelo y me agarro a él—. Cuando te lleva en brazos...

Me baja al camarote; atravesamos una cocina y un salón para llegar a un dormitorio...

Y tal y como él predijo, me estremezco.

Ha dejado las palabras en la cubierta del yate. En el camarote solo ha entrado el sonido de nuestras respiraciones, que se entrelazan a un ritmo apremiante, pero acompasado. Cuando me tumba sobre la cama, me olvido. De Dave, de mi trabajo, de mis ideales...

... Y recuerdo... Los besos, su sabor, cómo me siento cuando está dentro de mí.

Suspiro cuando mi camisa cae al suelo; mi sujetador no tarda mucho más. Agarro con el puño las mantas sobre las que estoy tumbada, mientras él me mordisquea un pezón y después el otro.

Algunos sentimientos son demasiado fuertes. Es imposible amarrarlos. Algunos deseos lo mínimo que provocan es conmoción.

Arqueo la espalda cuando sus dedos se deslizan por la zona interna de mi muslo.

No puedo pensar, me niego a hacerlo... Hasta el discreto aroma de su *aftershave* me habla a gritos de seducción.

Aún tengo los pantalones puestos, pero de poco sirven. No me protegen en absoluto del calor de su tacto cuando presiona su mano hacia mi interior.

La radio está encendida, la música sale a bajo volumen por los altavoces..., es rock clásico; el estilo encaja con él. Robert Dade es la fuerza de Jimy Hendrix, el inquietante misterio de Pink Floyd y la atractiva elegancia de The Doors.

Desabrocha el botón que tengo a la altura de la cintura; siento cómo se me aflojan los pantalones cuando me baja la cremallera, y el aire rozándome los muslos cuando me los quita.

«Stairway to Heaven» se funde con otra canción... Ah, sí, son los Rolling Stone. «Ruby Tuesday».

Rubíes.

Abro los ojos y de pronto logro ver no solo la habitación en la que estoy, sino también la senda en la que me encuentro. Estiro el brazo y detengo su mano con la mía justo en el momento en que se disponía a quitarme las braguitas.

Se detiene, con la esperanza de que este gesto no sea la señal de stop que presiente que es.

Pero mantengo su mano quieta agarrándola con firmeza, no con pasión, sino con determinación.

—Kasie —dice mirándome a los ojos.

—Le quiero. —El barco se balancea con suavidad. La voz de Mick Jagger se va desvaneciendo para decir adiós a Ruby Tuesday—. Le quiero... y no es solo un sentimiento, es una decisión.

—Prefieres elegir una prisión a lo desconocido.

—Todos vivimos en alguna prisión —señalo—. Pero puedo elegir la jaula, y la jaula en la que viviré con Dave es dorada.

Y dicho esto, lo aparto, me incorporo para sentarme y cojo mi sujetador. Sigo sintiendo su cálido tacto en el pecho, mi cuerpo sigue muriéndose por estar con él, mi diabla sigue arrastrándome hacia él...

Pero he tomado una decisión. Este no es mi lugar. Robert tiene razón: él es lo desconocido. Y renuncio a la aventura de descubrir. Quizá mi vida con Dave será un tipo de prisión, pero es el Ritz-Carlton comparado con la lóbrega celda en la que me encerraría el sentimiento de culpabilidad.

—No te vayas —me pide.

Me doy media vuelta. Aún estoy en ropa interior, pero siento como si se estuviera formando a mi alrededor una armadura invisible que me protege de los ataques de la tentación.

—¿Por qué hace esto? —pregunto—. ¿Por qué yo? ¿Es porque anhela lo que no puede tener?

—Pensé... Albergaba la esperanza de tenerte —musita—. Cada vez que te cato, tengo más antojo de ti. Como las delicias turcas que la Bruja Blanca le da a Edmund en Narnia. Siempre necesito más.

—En tal caso usted es Edmund*, una metáfora moderna de Judas, y yo, la personificación del mal.

—No —refuta sonriendo con tristeza.

Se levanta y recoge mi camisa y mis pantalones del lugar del suelo al que los había tirado, pero no me los entrega, sino que los sujeta como si fueran un tesoro o una última esperanza.

—Mi metáfora no sirve. Es evidente que lo que hay entre nosotros no es un cuento de hadas para niños. Tenemos algo más oscuro. Más profundo...

—No está bien.

—Pero es lo que somos.

Niego con la cabeza; mi mirada, clavada en la camisa que sujeta en la mano. Podría quitársela, pero no estoy preparada. No soporto la idea de ser tan agresiva, tan violenta, en este momento. Jamás volverá a verme desvestida. Estoy decidida a que no vuelva a ocurrir.

Pero ahora quiero que me mire. Quiero que me contemple una vez más. No he podido apre-

---

* Se refiere a Edmund Pevensie, personaje de la obra *Las crónicas de Narnia*, del escritor C. S. Lewis.

ciar esta última vez que me ha tocado; no he previsto mi propia valentía. Quiero sentir sus ojos recorriendo mi cuerpo. Quiero crear este recuerdo en el que podré refugiarme cuando la vida se ponga fea y me resulte difícil evocar fantasías.

—Cree que sabe lo que quiere, pero no es así —susurro—. Cree que me desea a mí, pero lo que anhela es una sucesión de momentos robados como este. Cree que ve lo que hay detrás de mi fachada, pero no se da cuenta de que la fachada forma parte de mí, igual que el desenfreno que se oculta detrás. No me quiere a mí.

—Pero puedes librarte de esa fachada.

—¿Es que no lo entiendes? —grito. De pronto ya no soy la empresaria formada en Harvard, ya no soy la prometida de un joven abogado de una familia acomodada. Soy ira, desesperación, frustración, pasión no correspondida—. ¡No quiero librarme de ella! —Aprieto los dientes para contener la agresividad que crece dentro de mí—. Me estás pidiendo que me quite mis zapatos de suela gruesa y que camine descalza a tu lado, ¡pero fíjate por dónde pisamos, Robert! El suelo está cubierto de clavos oxidados. Quiero mis protecciones. ¡Forman parte de mí! Las quiero más que... a la naturaleza salvaje que subyace tras ellas, ¡y quiero un hombre que adore la parte de mí que yo admiro! ¿Por qué no lo entiendes?

—Porque soy un salvaje —responde sin más. Pero en sus ojos veo tristeza; no hay un ápice de salvajismo.

—Pues búscate a una mujer que haya crecido entre lobos. A mí me educaron para ser civilizada.

—¿A esto le llamas tú ser civilizados?

—Tenemos trabajo, señor Dade. ¿Empezamos la reunión?

Suspira. «Ruby Tuesday» ha terminado y su ausencia es como un as en la manga que me permite actuar incluso con mayor determinación. Estiro el brazo.

—Deme mi ropa.

Me la entrega sin ofrecer resistencia.

—Usted y yo no somos los buenos de la película —afirmo mientras me pongo los pantalones—. Hicimos algo malo.

—Si haces esto —asegura observándome con atención—, si te casas con un hombre al que no amas, no solo me harás daño a mí, también te harás daño a ti misma. Y lo que es peor, le torturarás a él.

Me quedo callada, pero solo un momento.

—Estoy haciendo lo que tengo que hacer.

Noto el frío del suelo bajo mis pies descalzos.

—Creo que, si me escucharas, aunque solo fuera durante cinco minutos, te darías cuenta de que tienes alternativas.

Lo miro. Hay tantas cosas que ignora. Tantos secretos, tantos fantasmas del pasado. Ya no sé si huyo de un destino o si me guían hacia él. Lo único que sé es que voy a sobrevivir. Es más de lo que mi hermana fue capaz de hacer.

Me examina; sus ojos castaños me cautivan, como siempre.

—¿Hay algo que quieras contarme? —pregunta.

Sonrío a mi pesar. Jamás nadie ha sido capaz de interpretarme con tanta facilidad y no hace ni dos semanas que lo conozco.

Asiente con la cabeza.

—Voy a subir a cubierta y voy a servir dos copas de vino. Espero que podamos hablar una vez que te hayas vestido.

—Ah, ¿ahora quiere hablar? ¿Entonces no se trata solo de sexo? —digo con cierto sarcasmo.

—Ya te lo he dicho. Quiero conocerte en todos los ámbitos. Voy a subir a cubierta. Si subes a hablar, sabré que al menos hay una esperanza de que me dejes intentarlo.

Dicho esto, sale del camarote. Oigo el sonido de sus pasos desvanecerse y al momento los oigo de nuevo, pues camina por la cubierta de arriba, que ahora es mi techo.

Me sobresalto al darme cuenta de que Robert Dade ya no me está presionando. No trata de tentarme ni de abrumarme.

Robert Dade se ha limitado a preguntarme si podíamos hablar.

¿Hablar con él tal y como haría con una persona normal? ¿Alguna vez lo hemos hecho? Todo ha girado siempre en torno a la pasión, el juego y la excitación. ¿Alguna vez nos hemos sentado a conversar sobre algo que no fuera trabajo?

No.

Pero quizá podríamos. La posibilidad me desconcierta y no tarda en resultarme misteriosamente atractiva. Podríamos ser algo más que el bramido de un deportivo, algo más que una noche imprudente en un hotel de lujo.

Cierro los ojos un instante. Las imágenes que se me aparecen son muy diferentes de las fantasías que he estado teniendo estas dos últimas semanas. Me imagino a Robert y a mí sentados juntos en el cine comiendo palomitas. Nos veo leyendo el *Wall Street Journal* y el *Times* mientras desayunamos un domingo a media mañana. En mis fantasías, nuestros apasionados impulsos se basan en un vínculo tan fuerte como las vigas que sujetan su imponente casa de la colina.

Robert es el hombre que desata mis inhibiciones y goza al verlas. Pero si además de eso pudiera ser mi amigo, mi compañero... Si pudiera ser un hombre que camina de buena gana sobre un suelo más firme, quizá, solo quizá, eso cambiara las cosas.

Robert siempre ha atraído a la diabla que llevo dentro, pero ¿y si le diera la oportunidad de hacerse amigo de mi ángel?

Si funcionara, quizá, solo quizá, yo podría ser la mujer que lo tiene todo.

Prenden en mi corazón leves chispas de esperanza, pero el sonido de mi móvil interrumpe mis cavilaciones. Vibra dentro del bolso, que está tirado en el suelo.

Es el tono de llamada de Dave.

Saco el móvil del bolso, pero no lo cojo. Dejo que sea mi sosegado y frío mensaje de voz el que lo salude. No puedo hablar con él ahora, no mientras esté en este lugar, y menos aún antes de haber analizado mis pensamientos y emociones.

Pero entonces oigo que me ha llegado un mensaje. Él nunca me envía mensajes.

*Sé dónde estás. Sé lo que estás haciendo.*

Intento encontrar el sentido a las palabras. No puede ser que... Cómo...

Recibo otro mensaje.

*En breve tengo que llamar a Dylan Freeland. No sabe lo que estás haciendo... todavía. Pero si no te bajas de ese yate y te presentas en tu coche en cinco minutos, me encargaré de que Dylan, nuestras familias, TODO EL MUNDO se entere.*

Me quedo mirando la pantalla con los ojos como platos y sin pestañear. Dave nunca me había amenazado, con nada, y menos aún con la destrucción de mi carrera. Pero, claro, yo tampoco lo había traicionado así jamás.

Me miro; tengo los pantalones arrugados y aún no me he puesto la camisa. Estoy temblando. Estoy en la ruina.

Otro mensaje.

*Déjalo ahora mismo. Te doy una oportunidad. Cógela. Cógela o te dejaré sin nada.*

Jamás me había sentido tan acorralada ni tan asustada. No solo podría quitarme el trabajo. Podría costarme la reputación profesional. Podría costarme el respeto de mis padres.

Con manos temblorosas, me pongo la camisa, recojo el bolso y subo a cubierta.

—Kasie —dice Robert con un tono tan suave que podría acurrucarme en él como si se tratase de una manta—. Solo tenemos que hablar un momento. No hay necesidad de que te vayas. No tenemos por qué jugar a estos juegos...

Pero su voz se desvanece cuando me ve pasar sin detenerme. Bajo del barco y me marcho. Siento que me está mirando. Cree que he tomado una decisión. Cree que estoy huyendo de él.

Pero no es así. Ni siquiera me están guiando. Me están presionando.

Entonces me doy cuenta de que es la primera vez que lo ignoro. Esta pasividad ante sus palabras de reconciliación puede que sea lo único que pueda hacer que deje de luchar por mí. Puede que mi pasividad sea lo único que le haga rendirse.

La idea me hace tropezar, pero sigo avanzado, lejos del barco, lejos del muelle y del horizonte, de vuelta al aparcamiento, en el que veo a Dave. Incluso a esta distancia puedo apreciar la ira que le desborda, que incendia el asfalto, que calcina la poca sensación de seguridad que me quedaba.

—Podría hacerte pagar por esto —sisea cuando estoy lo suficientemente cerca como para oírle.

—Dave, lo siento tanto…

—Cállate. —Extiende la mano—. Las llaves de tu coche, por favor.

Se las entrego sin decir palabra.

Abre la puerta.

—Ponte en el asiento del copiloto.

Lo hago. Él monta en el asiento del conductor y, con un chirrido, sale del aparcamiento a toda velocidad, alejándome de Robert Dade…

Y hacia Dios sabe qué.

EXTRA ESPECIAL

SOLO UNA NOCHE

## SEGUNDA PARTE

### Expuesta

En mi mente sigo estando en ese barco en ese preciso momento. Sí, es la realidad en la que he elegido creer. Le tiendo la mano a Robert y me susurra palabras de consuelo. Me dice que podemos estar juntos sin hacer daño a nadie. Tan solo somos dos personas; no tenemos poderes para conjurar tormentas letales ni para poner el universo entero patas arriba. Tan solo somos dos personas que se están enamorando.

Me dice que podemos escaparnos, solo por una temporada, y que, cuando volvamos, todo estará como debería estar. Yo seguiré teniendo mi puesto en la consultoría internacional en la que llevo años escalando posiciones y mi trayectoria profesional seguirá estando asegurada. Él seguirá siendo el director general de Maned Wolf Security, el cliente más importante de mi empresa. Trabajaremos juntos, jugaremos juntos, estaremos juntos.

No tenemos por qué sentir el dolor que provocan el sentimiento de culpabilidad y las consecuencias de nuestros actos. Tan solo placer. Como si quisiera demostrármelo, se acerca a mí. Me acaricia la mejilla con la mano. Tiene las manos suaves y ásperas al mismo tiempo. Con ellas ha construido delicados trabajos de carpintería y potentes empresas. Me pasa las manos por el pelo y tira un poco de él.

«Kasie», susurra, y la jaula se abre.

Siento su boca sobre la mía, mientras desliza los dedos entre mis piernas y presiona levemente..., justo ahí, en el clítoris. Las prendas que me cubren resultan insignificantes y ridículas ante el calor que generamos. Me pregunto si será necesario que me quite la ropa o si se derretirá ella sola.

Pero Robert responde a esa pregunta quitándome la camisa para agarrarme de los pechos y pellizcarme los pezones, que están tan duros que parece que quisieran perforar el sujetador. Estamos en la cubierta de su barco, atracado en

Marina del Rey. La gente puede vernos. Siento cómo sus ojos se desvían del océano a nuestro fuego. Observan cómo me desnuda, observan cómo me toca, y a mí me da lo mismo.

Porque estoy con Robert. Porque sé que, cuando estoy con él, estoy a salvo.

Me atrae hacia él y me lame con delicadeza la curva del cuello. Siento su erección contra mi vientre: siento cómo me humedezco anhelando que me penetre. La gente nos observa mientras le quito la camisa y muestro su cuerpo perfecto y duro; como si lo hubiera cincelado un hábil escultor. La gente nos observa mientras me desabrocha el sujetador y lo tira a cubierta. Me reclino en una tumbona... ¿Había una en el barco?

Da igual. En la realidad que he elegido yo, la hamaca está ahí y puedo reclinarme en ella medio desnuda, invitándole a que me tome ante los ojos de quien pase por delante. Les dejo que nos contemplen. Les dejo que hagan fotos; a mí no me importa. Me dan todos igual. Este es mi mundo. Yo elijo qué reglas se siguen y cuáles se destruyen. Cuando noto los dedos de Robert tratando de desabrocharme los botones de la cintura, sonrío tumbada en la hamaca; cuando noto que me quita los pantalones, sonrío; y cuando roza con los dedos mis braguitas empapadas, jadeo.

«Es una preciosidad», murmura un hombre que está en el otro extremo del embarcadero, pero le oigo perfectamente. Jamás ha visto a nadie como yo. Jamás ha visto a nadie consumido por semejante pasión y energía.

Contemplo a Robert quitándose el cinturón; sus ojos no se alejan en ningún momento de los míos. Permanece ajeno a nuestro público. Solo me ve a mí, a la mujer que desea, al animal que ha desatado.

Cuando se baja los pantalones, me quedo sin respiración. Él es la razón por la que los griegos decidieron que la figura humana merecía ser adorada. Su deseo es patente y me lanzo a por él, aunque al principio no se deja.

En lugar de acceder a que le toque, se arrodilla delante de mí, me quita las braguitas empapadas y me abre con la lengua.

Arqueo la espalda y grito. Me he derretido, estoy más que entregada. Se han acercado más mirones. Mujeres y hombres. Me tocan con sus ojos con la misma determinación con la que Robert Dade me toca con sus manos y su boca. Su lengua sigue jugando conmigo —al principio se mueve despacio, después más rápido—, mientras me introduce los dedos para hacer que la experiencia sea completa.

Ahora me toca a mí pasarle los dedos por el cabello y tirarle del pelo, mientras un deseo irresistible me recorre el cuerpo entero. Tengo las caderas en el aire; el orgasmo se acerca. Oigo los susurros de los espectadores, oigo los clics de las cámaras cuando estallo, incapaz de contenerme ni un instante más.

Entonces Robert se aparta y sonríe... Ahora la tumbona me parece más ancha y también más sólida. Se tumba encima de mí, presiona su polla contra mi núcleo..., pero no me penetra; aún no.

Me mira a los ojos mientras le suplico en silencio, y el público contiene la respiración. Comparten mi anhelo, comparten mi necesidad. Entonces, con una potente embestida, me penetra y noto que dan su aprobación cuando mi cuerpo entero se balancea con la fuerza de él.

Muevo las caderas a nuestro ritmo, araño su suave piel y palpo sus duros músculos, mientras él empuja, cada vez más dentro de mi cuerpo.

Me coloca la pierna sobre su hombro y llega aún más profundo. Sus ojos no se separan de los míos ni un instante. Siento su aliento, huelo su *aftershave* en mi piel.

Apenas puedo contenerme; la pasión es excesiva, pero me sujeta los brazos sobre la cabeza para impedir que me mueva, tal y como hace a veces para obligarme a que me limite a recibir placer, mientras el mundo nos observa.

Todas y cada una de las partes de mi cuerpo palpitan, mientras él lleva las riendas de este baile erótico.

«Robert», digo su nombre entre gemidos; es la única palabra que soy capaz de pronunciar, la única palabra que se me ocurre en este momento.

Sonríe y acelera el ritmo. Es la gota que colma el vaso. De nuevo arqueo la espalda, sacudo la cabeza hacia los lados, mis pechos se alzan, mis pezones se rozan con su torso y vuelvo a gritar; esta vez su voz se une a la mía, pues nos corremos juntos, ahí, en la cubierta del barco.

La gente nos mira, pero no puede tocarnos. Somos demasiado fuertes para que sus miradas nos afecten. Ni siquiera les prestamos la más mínima atención, mientras tratamos de recuperar el aliento, abrazados, empapados en sudor.

La gente nos contempla y me ven a mí; ven a la mujer que ve Robert, ven al animal, a la fuerza, a la vulnerabilidad. Pero yo no les veo a ellos. Lo único que existe en este momento es el hombre que jadea tumbado sobre mí. Me mira a los ojos y sé que estamos a salvo.

«Me estoy enamorando de ti», dice.

Y sonrío.

* * *

Esa es la realidad en la que quiero creer, pero tumbada en la cama de Dave —que, sin haberme rozado siquiera, logra que me sienta violada—, me doy cuenta de que esa fantasía no tiene suficiente sustancia como para que pueda aferrarme a ella. Se aleja flotando hacia mi subconsciente, donde esperará a que me duerma para poder volver a cobrar vida en mis sueños.

Pero sé que tardaré en coger el sueño. Dave ronca a mi lado. Parece estar tan tranquilo, pero ¿cómo es posible? ¿Cómo puede estar tan tranquilo después de lo violento que ha sido nuestro encuentro?

¿Se había quedado satisfecho con su venganza?

Puede que sí, puede que no. Dave diría que no se ha vengado; diría que estaba ayudándome.

Hace unos meses, en algún canal de noticias, escuché una entrevista a un terrorista. Tenía a varios rehenes, pero los llamaba «invitados». En ese momento, los rehenes asintieron con la cabeza y empezaron a cantar las alabanzas del secuestrador. Repetían que era un anfitrión perfecto y que disfrutaban de cada minuto que pasaban en esa reclusión forzada.

¿Habían arañado esas palabras la garganta de los cautivos?

No soy una rehén en Oriente Medio. Sé que Dave no tiene intenciones de matarme y que el futuro no me depara torturas físicas.

Pero, aunque no llegue a esos extremos, sí que entiendo cómo se siente un rehén y también sé cómo se siente una cuando le fuerzan a alabar a la persona que te hace sufrir. Conozco la humillación y la impotencia.

Sigue de cerca a la autora

Kyra Davis es la autora de la colección de misterio que tiene por protagonista a Sophie Katz y de la novela *So Much For My Happy Ending*, que han tenido gran éxito de crítica en los países en los que se han publicado. En la actualidad se dedica a tiempo completo a escribir novelas y guiones para televisión. Kyra vive en Los Ángeles con su hijo y su adorable geco leopardo, *Alisa.*

Visita su página web: www.KyraDavis.com.

Síguela en @_KyraDavis www.Twitter.com/_KyraDavis.

Visita su grupo de fans en Facebook: www.facebook.com/pages/Fans-of-Kyra-Davis/303460793916?fref=ts.

**Suma de Letras es un sello editorial del Grupo Santillana**

**www.sumadeletras.com**

**Argentina**
Avda. Leandro N. Alem, 720
C 1001 AAP Buenos Aires
Tel. (54 114) 119 50 00
Fax (54 114) 912 74 40

**Bolivia**
Calacoto, calle 13, 8078
La Paz
Tel. (591 2) 279 22 78
Fax (591 2) 277 10 56

**Chile**
Dr. Aníbal Ariztía, 1444
Providencia
Santiago de Chile
Tel. (56 2) 384 30 00
Fax (56 2) 384 30 60

**Colombia**
Carrera 11 A, n.° 98-50. Oficina 501
Bogotá. Colombia
Tel. (57 1) 705 77 77
Fax (57 1) 236 93 82

**Costa Rica**
La Uruca
Del Edificio de Aviación Civil 200 m al Oeste
San José de Costa Rica
Tel. (506) 22 20 42 42 y 25 20 05 05
Fax (506) 22 20 13 20

**Ecuador**
Avda. Eloy Alfaro, 33-3470 y Avda. 6 de Diciembre
Quito
Tel. (593 2) 244 66 56 y 244 21 54
Fax (593 2) 244 87 91

**El Salvador**
Siemens, 51
Zona Industrial Santa Elena
Antiguo Cuscatlan - La Libertad
Tel. (503) 2 505 89 y 2 289 89 20
Fax (503) 2 278 60 66

**España**
Avenida de los Artesanos, 6
28760 Tres Cantos (Madrid)
Tel. (34 91) 744 90 60
Fax (34 91) 744 92 24

**Estados Unidos**
2023 N.W 84th Avenue
Doral, FL 33122
Tel. (1 305) 591 95 22 y 591 22 32
Fax (1 305) 591 74 73

**Guatemala**
26 Avda. 2-20
Zona 14
Guatemala C.A.
Tel. (502) 24 29 43 00
Fax (502) 24 29 43 03

**Honduras**
Colonia Tepeyac Contigua a Banco Cuscatlan
Boulevard Juan Pablo, frente al Templo
Adventista 7º Día, Casa 1626
Tegucigalpa
Tel. (504) 239 98 84

**México**
Avda. Río Mixcoac, 274
Colonia Acacias
03240 Benito Juárez
México D.F.
Tel. (52 5) 554 20 75 30
Fax (52 5) 556 01 10 67

**Panamá**
Vía Transísmica, Urb. Industrial Orillac,
Calle Segunda, local 9
Ciudad de Panamá
Tel. (507) 261 29 95

**Paraguay**
Avda. Venezuela, 276,
entre Mariscal López y España
Asunción
Tel./fax (595 21) 213 294 y 214 983

**Perú**
Avda. Primavera, 2160
Surco
Lima 33
Tel. (51 1) 313 40 00
Fax. (51 1) 313 40 01

**Puerto Rico**
Avda. Roosevelt, 1506
Guaynabo 00968
Puerto Rico
Tel. (1 787) 781 98 00
Fax (1 787) 782 61 49

**República Dominicana**
Juan Sánchez Ramírez, 9
Gazcue
Santo Domingo R.D.
Tel. (1809) 682 13 82 y 221 08 70
Fax (1809) 689 10 22

**Uruguay**
Juan Manuel Blanes, 1132
11200 Montevideo
Tel. (598 2) 402 73 42 y 402 72 71
Fax (598 2) 401 51 86

**Venezuela**
Avda. Rómulo Gallegos
Edificio Zulia, 1° - Sector Monte Cristo
Boleita Norte
Caracas
Tel. (58 212) 235 30 33
Fax (58 212) 239 10 51